Auguste Chabaud (1882–1955)
Hotelflur, 1907/08

Öl auf Karton, 105 x 76 cm
Städel Museum, Frankfurt am Main
Leihgabe aus Privatbesitz

Karin Hagemann wurde 1959 in Bokel, nahe Bremen, geboren. Sie studierte Deutsch und Französisch und beschloss nach dem ersten Staatsexamen, ihre notorische Neugier zum Beruf zu machen: Sie wurde Journalistin. Heute arbeitet sie als politische Redakteurin einer Fernsehproduktionsgesellschaft. Sie lebt mit ihrem Sohn in Berlin-Charlottenburg.
Im Programm der Fischer Schatzinsel sind von ihr bereits die Bücher ›Die siegreichen 7 – Einsatz für den Joker‹ und ›Die siegreichen 7 – Volltreffer für Tom‹ erschienen.

Franziska Harvey, geboren 1968, studierte Illustration und Kalligraphie und arbeitet als freie Illustratorin für verschiedene Verlage und Agenturen. Sie lebt mit ihrer Familie in Frankfurt am Main.

Karin Hagemann

Das Geheimnis des Raben

Mit Vignetten
von Franziska Harvey

Fischer Schatzinsel

Fischer Schatzinsel
ist das Kinder- und Jugendbuchprogramm
der S. Fischer Verlage
www.fischerschatzinsel.de

MIX
Papier aus verantwortungsvollen Quellen
FSC® C083411
FSC www.fsc.org

Umschlagillustration: Franziska Harvey
Umschlaggestaltung: Buchholz/Hinsch/Hensinger
Der farbige Abdruck des *Hotelflur* von Auguste Chabaud
auf dem Vorsatz erfolgt mit freundlicher Genehmigung der
VG Bild-Kunst: © VG Bild-Kunst,
Bonn 2011
Satz: Pinkuin Satz und Datentechnik, Berlin
Druck und Bindung: CPI – Clausen & Bosse, Leck
Printed in Germany
ISBN 978-3-596-85462-2

Nach den Regeln der neuen Rechtschreibung

Für Paul

Prolog

Hier haben die Wände Ohren. Sie kann auch in dieser Nacht keinen Schlaf finden.

Im Zimmer nebenan streiten ein Mann und eine Frau. Sie beschimpfen und beleidigen sich aufs Gemeinste. Plötzlich ertönt ein lauter Knall. Hat jemand eine Tür zugeschlagen?

Es gruselt sie in diesem Hotel, in dem sie tagsüber keine Menschenseele gesehen hat. Ihr ist zum Heulen zumute. Sie fühlt sich ganz allein. Ihre Tochter fehlt ihr so sehr. Und sie sehnt sich nach ihrem Mann.

Hat sie das Richtige getan?

Unruhig wälzt sie sich im Bett hin und her. Dieses Hotel sollte ihr Zufluchtsort sein. Doch es ist alles andere als ein Zuhause. Es raubt ihr den Schlaf und den Nerv. Es zieht das Elend an. Die Einsamkeit. Und das Verbrechen.

Sie werden sie auch hier finden. Früher oder später.

Sie muss hier weg. So schnell wie möglich.

Der Krimiwettbewerb

»Er wird sie mir nie schenken, niemals«, erklärt Fritzi ihrer besten Freundin traurig, als sie auf dem Pausenhof eine Runde drehen. »Er hat Angst, dass ich dann nur noch meine Musik im Kopf habe. Er meint, ich verbringe sowieso schon viel zu viel Zeit mit der Band.«
Fritzi spielt in der Schulband *4ever*, und sie ist echt gut. Aber sie hat dort noch mit ihrer Akustikgitarre angefangen. Und das geht jetzt gar nicht mehr, findet Fritzi. Zumal Eddy, der zweite Gitarrist in ihrer Band,

vor kurzem auch auf E-Gitarre umgestellt hat. Er hat sie da manchmal drauf spielen lassen: Das klingt sooo cool, schwärmt Fritzi. Sie braucht jetzt unbedingt auch eine eigene E-Gitarre, mit Verstärker versteht sich. Wie soll das sonst auch in der Band gehen?

»Warum wünschst du sie dir nicht einfach zum Geburtstag?«, fragt Klara und streicht ihr Hängerkleidchen glatt, das sie am liebsten zu ihren Leggins trägt. »Du wirst doch bald elf. Da kann er doch nicht nein sagen.«

»Da kennst du aber meinen Vater schlecht. Der hat seine Prinzipien, sagt er jedenfalls immer«, berichtet Fritzi. »Und wenn er einmal nein gesagt hat, dann bleibt er auch dabei, schon von Berufs wegen.« Fritzis Vater ist nämlich Richter und ein sehr anerkannter dazu.

»Lach doch mal, Fritzi, sonst wird das kein schönes Foto«, fordert Klara die Freundin unvermittelt auf und zoomt ihr Gesicht groß heran. Die Digitalkamera, die Klara von ihrer Oma zum Geburtstag bekommen hat, ist der absolute Renner. Sie nimmt sie überall mit hin. Und heute hat sie sogar einen guten Grund dafür, denn sie braucht sie für den Kunstunterricht. Sie sollen Porträtaufnahmen machen.

»Mensch, Klara, das nervt.«

»Wenn mein Vater nein sagt und etwas nicht erlaubt,

dann gehe ich zu Mam.« Als wäre nichts gewesen, setzt Klara ihr Gespräch fort. Soll sie die schlecht gelaunte Fritzi knipsen? Ach, nee, das ist nicht gut. »Neulich zum Beispiel, da hat Paps verboten, dass ich mir eine CD kaufe. Und weißt du was? Mam hat's erlaubt.«

»Ich hab leider keine Mutter, die ja sagen könnte«, sagt Fritzi und schaut noch trauriger drein. Sie lebt allein mit ihrem Vater, seit ihre Mutter die Familie von einem Tag auf den anderen verlassen hat. Und das ist nun schon so lange her, dass sich Fritzi gar nicht mehr an sie erinnern kann. Deshalb hat sie sie eigentlich nie wirklich vermisst. Nur jetzt beneidet sie Klara ganz arg.

Plötzlich fällt Klara ein, was ihre Mutter am Morgen in der Zeitung gelesen hat. »Mach doch einfach bei dem Krimiwettbewerb mit.« Sie steckt ihre Digikamera in ihren Schulranzen. Heute wird das nichts mehr mit fröhlichen Fritzi-Fotos.

»Krimiwettbewerb?«

»Ja, du schreibst einen Kurzkrimi, der sich um ein Bild dreht – das ist die Bedingung –, und mailst ihn an die Zeitung. Der beste bekommt fünfhundert Euro.«

»Wow, fünfhundert Euro?«, staunt Fritzi, deren Laune sich schlagartig bessert. Dann könnte sie sich die E-Gitarre locker leisten.

»Fünfhundert Euro, wofür?«, will Babs wissen, die zufällig mit ihrer Girlie-Clique an Klara und Fritzi vorbei-

kommt. Fritzi kann Babs nicht leiden, die immer die teuersten Klamotten trägt und alle, die sich nicht so stylen wie sie, von oben herab behandelt.
»Das ist der erste Preis eines Krimiwettbewerbs in der Zeitung«, erzählt Klara. »Alle zwischen zehn und vierzehn Jahren können da mitmachen. Allerdings musst du dich auf den Weg ins Museum machen.«
»Museum?«, fragt Babs irritiert. »Bloß nicht. Bei mir zu Hause hängt schon so viel Kunst rum, that's too much.«
»Ja, Museum. Der Krimi soll von einem Bild handeln«, antwortet Klara. »Und es sind nur noch ein paar Tage Zeit.«
»Na, dann, come on, Fritzi, du bist doch gut in Aufsätzen, und das Geld könntest du auch gebrauchen, um endlich mal neue Klamotten zu kaufen. Wie du immer rumläufst! Absolutely unstylish.« Seit Babs mit ihren Eltern in London war, flicht sie ab und zu englische Wörter ein. Ob es passt oder nicht. Meistens passt es nicht. Sie schaut Fritzi abschätzend von oben bis unten an und rümpft die Nase. Ihre Girlie-Freundinnen kichern.
Das ist nicht das erste Mal, dass Babs sich über Fritzis Kleidung lustig macht. Sie würde ihr so gern eine gepfefferte Antwort auf diese Unverschämtheit geben. Aber das ist das Problem: Immer, wenn Fritzi so he-

rablassend von Babs behandelt wird, schnürt ihr die Wut die Kehle zu, und sie kriegt keinen Ton mehr heraus. Auch wenn sie sonst überhaupt nicht auf den Mund gefallen ist und ganz schön mutig, wie Klara sagt, aber Babs schafft es immer wieder, dass sie sich neben ihr wie ein hässliches Entlein neben einem stolzen Schwan fühlt. Und deshalb verstummt. Wütend stampft Fritzi mit dem Fuß auf. Sie dreht sich so abrupt um, dass ihre lässige Häkelmütze, die sie so gut wie nie absetzt, durch den Schwung fast vom Kopf gerutscht wäre. Wortlos stapft sie Richtung Schulgebäude davon. Klara kann kaum mit ihr Schritt halten.

Schwer erziehbarer Vater

Als sie von der Schule nach Hause kommt, ist ihr Vater bereits da. Wann immer es geht, legt er seine Mittagspause so, dass er Fritzi bekochen kann. Und er kann gut kochen, ihr Vater, das weiß Fritzi sehr zu schätzen. Auch jetzt duftet es wieder ausgesprochen lecker.

»Was gibt's heute?«, fragt Fritzi, die einen Mordshunger hat.

»Guten Tag, liebe Fritzi. Ich hoffe, du hattest einen schönen Schultag. Es gibt Quiche lorraine«, antwortet ihr Vater, der sehr viel Wert auf Höflichkeit und gute Umgangsformen legt, und schiebt ein Stück von der Quiche auf ihren Teller, auf dem bereits Salat liegt. Die Serviette hat er neben dem Teller platziert.

»Hallo, Kalli.« Fritzi nennt ihren Vater beim Vornamen. Eigentlich heißt er Karl-Ludwig, aber das klingt zu streng, findet Fritzi. Noch bevor sie sich setzen kann, entdeckt ihr Vater das Loch in ihrer Jeans.

»Was ist das?«, fragt er und setzt seine strenge Richtermiene auf. Er hat eben seine Prinzipien, denkt Fritzi. Und einen unterirdischen Modegeschmack. Da gibt es immer wieder Streit. Aber eigentlich ist er ja herzensgut, ihr Kalli, findet Fritzi. Und sie kann mit ihm über alles reden. Wirklich. Nur bei einem Thema weicht er aus und lässt sich auf keine Diskussion ein. Wenn es um ihre Mutter Sally geht nämlich. So weiß Fritzi bis heute nichts über ihre Mutter. *Das ist eine ungute Geschichte*, lässt Kalli sich allenfalls entlocken. *Später, wenn du erwachsen bist, erzähle ich sie dir.* Mehr sagt er dazu nicht. Lang hat sich Fritzi mit dieser Erklärung zufriedengegeben.

Sie schaut an sich herunter: »Ein Loch. Das sieht man doch.«

»Da habe ich doch erst gestern einen Flicken draufgenäht. Wo ist der geblieben? Angeklagte: Was haben Sie zu Ihrer Verteidigung zu sagen?« Huch, wenn er so streng über seine Lesebrille schaut, kann sich Fritzi gut vorstellen, dass die schweren Jungs, mit denen es ihr Vater vor Gericht zu tun hat, weiche Knie bekommen. Und wenn er dann noch seine schwarze Richterrobe trägt, dann ist er die absolute Autorität. Fritzi durfte ihren Vater schon mehrfach zu Prozessen begleiten.

»Der hat leider nicht viel ausgehalten, Kalli. Schwupps war er wieder futsch«, Fritzi beißt mit Appetit in die Quiche. Hmm, mit Lauch und Schinken darin, das mag sie besonders gern. Und das mit dem Flicken ist nicht mal gelogen, der ließ sich wirklich ganz leicht mit der Schere wieder rausschneiden.

»Angeklagte: Nachlässige Kleidung kann zu Ihrem Nachteil ausgelegt werden, das wissen Sie wohl zu gut.« Ihr Vater kann es nicht leiden, wenn sie so in die Schule geht, wie sie es am liebsten tut: in Lochjeans und engem T-Shirt. Nur dass sie sich beharrlich weigert, ihre Häkelmütze abzusetzen, damit hat er sich abgefunden. »Mildernde Umstände könnte es geben, wenn Sie die Jeans sofort wechseln.«

»Ohne meinen Anwalt sage ich hier gar nichts mehr«, erklärt Fritzi und schiebt sich genüsslich das letzte Stück Quiche in den Mund. »Hmm, Kalli, das schmeckt super. Gibt's auch Nachtisch?«

Ihr Vater seufzt. »Ich muss gleich noch mal ins Büro.

Wenn du später noch weggehen solltest, ziehst du dich bitte um, versprochen?«

»Versprochen, Kalli«, antwortet Fritzi und kreuzt schnell die Finger hinter ihrem Rücken.

Ein Mord auf jedem Bild

Klara klingelt Sturm. Nach einer gefühlten Ewigkeit reagiert Fritzi endlich und lässt die Freundin in die Wohnung.

»Bist du schwerhörig? Ich stehe schon seit mindestens zehn Minuten vor der Tür«, schimpft Klara und schüttelt ungeduldig ihre blonde Mähne.

»'tschuldige, wenn ich Musik mache, kann die Welt untergehen, ich würd's nicht merken. Möchtest du auch etwas zu trinken?« Klara nickt, und Fritzi holt zwei Gläser Wasser aus der Küche.

»Du hast doch eine schöne Gitarre.« Klara nimmt das gute Stück prüfend in die Hand.

»Für den Anfang war die auch ganz okay, als ich noch allein in meinem Zimmer geübt habe. Aber damit kann ich doch jetzt nicht mehr in einer Band spielen. Die anderen lachen sich tot darüber. Die hat einfach keinen guten Klangkörper. Ich brauche jetzt eine richtige Gitarre, eine E-Gitarre eben.«

»Gehen wir los?«, fragt Klara und stellt ihr Glas auf Fritzis Schreibtisch ab.

Fritzi schaut sie verständnislos an: »Wohin?«

»Hast du schon vergessen? Wir sind fürs Museum verabredet.«

Fritzi schlägt sich mit der Hand an die Stirn, wo hat sie nur ihren Kopf? Stimmt ja, der Bilderkrimi! Schnell packt sie Schreibblock und Stift in ihre Umhängetasche und los geht's. Auf ins Städel Museum. Die letzten Meter über den Holbeinsteg rennen die beiden Freundinnen um die Wette.

~ * ~

»Das ist ideal: Da wurde ein Rebhuhn ermordet«, erklärt Klara, als sie auf der Suche nach einem Bild für den Krimi durch die Ausstellungsräume streifen und ihr Blick von einem Stillleben angezogen wird. »Wer

war der Mörder? Und was hat das arme Rebhuhn ihm getan?«
»Einen Mord aus Habgier können wir ausschließen«, folgert Fritzi. »Das Rebhuhn hatte keine großen Reichtümer angehäuft.«
»War es Eifersucht?«, fragt Klara und schaut sich das Bild näher an. »Wem war das Rebhuhn ein Dorn im Auge? Warum musste es aus dem Weg geräumt werden? Geh mal bitte aus dem Bild, Fritzi. Ich muss den Tatort fotografieren.« Klara hat ihre Digitalkamera nicht vergessen. Zum Glück, denkt sie, hier gibt es ja so viele spannende Motive.
Doch kaum hält sie ihre Kamera in der Hand, steht schon ein aufgeregter Mann von der Museumsaufsicht neben ihr und raunzt sie in tiefstem Hessisch an: »Ey, horsche mal, Fräulein, biste dann von alle gude Geistern verlasse odä was?«
Irritiert schaut Klara ihn an: »Darf man hier nicht fotografieren?«
»Ach, es is ohne Blitz, deswesche geht's nadirlisch doch. Dann mache mal e schee Bildschän.« So schnell wie er sich aufgeregt hat, regt sich der Mann auch wieder ab. Nachdem er sich davon überzeugt hat, dass Klara ohne Blitz fotografiert, trollt er sich wieder. Die beiden Freundinnen zucken mit den Schultern und nehmen ihre Ermittlungen wieder auf.

»Es war kein Mord. Das arme Rebhuhn ist von der herunterfallenden Birne erschlagen worden. Es muss ein Unfall gewesen sein«, erläutert Fritzi und deutet auf die Birne, die neben dem Huhn aufrecht steht. »Oder nein: Es sah keinen Sinn mehr in seinem Rebhuhnleben. Und hat sich erhängt, da ist ja noch der Strick um den Hals gewickelt.«

»Unfall? Erhängt? Nee, nee, nee, das kann nicht sein. Dann wäre das Genick gebrochen, aber kein Blut geflossen. Aber da ist überall Blut auf dem Gefieder. Es war Mord.« Klara bleibt bei ihrer These und fotografiert nun den Titel des Bildes, *Stillleben mit Rebhuhn und Birne*, von Jean-Baptiste-Siméon Chardin. »Wir dürfen den Täter auf keinen Fall ungestraft davonkommen lassen.«

»Ja, ja, Frau Staatsanwältin, erheben Sie ruhig Anklage. Aber guck mal, Klara. Das ist doch interessant da drüben. Das ganze Bild ist ja blutrot. Wenn da kein Verbrechen passiert ist, heiß ich ab sofort Friederike.«

»Aber du heißt doch Friederike.« Klara schaut ihre Freundin verständnislos an.

»Nur auf dem Papier. Für Freunde immer noch: Fritzi. – Was könnte hier passiert sein, Klara? Hier auf diesem …« Fritzi wirft einen Blick auf den Titel des Bildes, »… *Hotelflur*«.

Sie setzen sich auf eine Bank vor dem Bild und versuchen, die Einzelheiten zu erkennen. Klara betrachtet den *Hotelflur* durch ihr Kameraauge. Mit dem Zoom kann sie die Details ganz nah heranholen. Die rotgestrichenen Wände und die roten Teppichläufer fallen sofort ins Auge. Zwei schwarze Zimmertüren sind erkennbar, die eine trägt die Nummer Zwölf.

»Da steckt noch der Schlüssel von außen«, fällt Klara auf, die schnell auf den Auslöser drückt.

»Ja, und da, unter der Tür, ein Lichtschein«, ergänzt Fritzi.

»Ist das da ein Totenkopf?«, fragt Klara und deutet auf die zweite Zimmertür. Klick, schon wieder schießt sie ein Foto.

»Gut möglich«, stimmt Fritzi zu.

»Es gibt keine Menschenseele auf dem Bild«, stellt Klara enttäuscht fest.

»Hm«, Fritzi tritt ganz nah an das Bild heran. »Doch, sieh mal, da flüchtet jemand.« Und sie zeigt auf die Hoteltreppe, auf der noch ein Schuh und ein Hosenbein zu sehen sind.

»Das ist der Mörder«, haucht Klara, die neben Fritzi getreten ist und wie gebannt vor dem Bild steht. »Er ist entkommen, aber seinen Fuß halt ich fest.« Erneut zückt Klara die Kamera: *klick, klick, klick.* »Wer hat das eigentlich gemalt? Auguste Chabaud«, liest sie vor. »Nie gehört.« Jetzt zoomt sie mit der Kamera auf

Fritzi, die bereits eifrig in ihrem Block notiert. »Und Fritzi, welches Drama hat sich hier abgespielt?«

»Madame Claudette ist in dem Hotel untergetaucht. Sie ahnt, dass ihre Verfolger ihr dicht auf dem Fersen sind. Früher oder später werden sie sie finden. Sie hat unter falschem Namen eingecheckt und verlässt nur selten das Zimmer. Henri, der Portier, muss ihr alles in den ersten Stock bringen. Madame Claudette hat viele Wünsche: Rote Grütze zum Frühstück, Champagner zum Mittag und Sahnetorte zum Abendessen. Für Henri ist Madame Claudette eine Nervensäge mit ihren vielen Extrawürsten. Bis er den Diamanten entdeckt, den sie um den Hals trägt. Zu spät bemerkt Madame Claudette den gierigen Blick des Portiers …« Fritzi trägt den Anfang ihrer Geschichte mit viel Betonung vor.

»Das macht Lust auf mehr«, erklärt Klara ganz begeistert. »Hat der Portier sie etwa …?« Statt es auszusprechen, macht Klara eine schnelle Handbewegung, als würde sie sich die Kehle durchschneiden.

»Tja, ist Madame Claudette überhaupt tot? War es Henri, oder waren es ihre Verfolger? Oder hat Madame Claudette am Ende selbst jemanden … *krrrkkkk*?« Fritzi ahmt Klaras Handbewegung nach.

»Sollen wir noch ein paar Bilder anschauen, bevor wir wieder gehen?«, schlägt Klara vor.

»Klar«, stimmt Fritzi zu, die ihre Sachen kurzerhand auf der Bank vor dem Chabaud-Gemälde ablegt. »Wir können doch auch ein Krimibild für dich suchen. Das da vielleicht.« Schon hat sie eines entdeckt. »Wie grausam, da wird ein Mann von fünf Männern in Schach gehalten. Und einer sticht ihm ein Auge aus. Iiiiiiih.«
»Oh, ein Rembrandt, *Die Blendung Simsons*«, liest Klara vor. »Nee, ist mir zu gruselig.« Diesmal drückt sie nicht auf den Auslöser.
»Dann nimmst du das: *Eifersucht* von Edvard Munch. Da ist es doch nur eine Frage der Zeit, bis der eine Mann den anderen umbringt. Der ist ja jetzt schon ganz grün im Gesicht vor lauter Neid und Eifersucht.« Fröhlich spaziert Fritzi durch die hellen Räume und ist ganz begeistert: »Hier hängen ja echt viele Kriminalgeschichten rum. Mord und Totschlag, wo man auch hinsieht.«
Klara zieht es zu anderen Bildern, und nun zückt sie auch wieder ihre Kamera: »Mir sind die schönen Tänzerinnen in ihren weißen Ballettkleidchen lieber, nur die Musiker stehen im Weg rum und versperren den Blick.« *Klick, klick, klick.* Auch das Bild *Orchestermusiker* von Edgar Degas wird natürlich fotografiert.
»Aber nicht mehr lange. Gleich wird einer der Musiker von einem Giftpfeil getroffen. Er fällt tot um. Mord.« Fritzis Phantasie geht nur noch in eine Richtung.

»Jetzt hör aber auf, Fritzi, du musst auch das Schöne im Bild sehen«, weist Klara sie zurecht. Ihr wird schnell mulmig, wenn irgendwas düster und unheimlich wirkt.

»Aber das Böse ist viel spannender«, findet Fritzi.

Als sie ihre Sachen holen, um aufzubrechen, treffen sie auf Babs, die eilig von der Bank aufsteht, auf der Fritzi und Klara ihre Sachen abgelegt haben.

»Was machst du denn hier?«, fragt Klara. Mit Babs hat sie hier wirklich nicht gerechnet.

»I love crime stories. Ich mache mit beim Krimiwettbewerb,« erklärt Babs, um dann schnippisch hinzuzufügen: »Ich kann schließlich auch gute Aufsätze schreiben.«

»Das wüsste ich aber«, sagt Klara auf dem Heimweg, der sie am Mainufer entlang und durchs Gutleutviertel führt. »Babs hat noch nie auch nur einen guten Aufsatz abgeliefert. Das ist ihr viel zu mühsam. Warum die wohl mitmacht? Das Geld hat sie doch eigentlich gar nicht nötig.«

»Vielleicht will sie einfach nur meine Chancen schmälern«, vermutet Fritzi.

Doch Klara widerspricht: »Babs hat doch nicht die Bohne einer Chance gegen dich.«

~ * ~

Warum sie ausgerechnet heute an ihre Mutter denken muss, weiß Fritzi nicht. Sie liegt in ihrem Bett und kann nicht einschlafen.
Sie fehlt mir, muss sie sich eingestehen, sie fehlt mir immer mehr. Und das ist ein ganz neues Gefühl. Denn Kalli und sie sind doch eigentlich ein super Team.
Vielleicht ist es wegen der Sache mit Leo, überlegt Fritzi. Zum ersten Mal in ihrem Leben schwärmt sie für einen Jungen.
Der ist schon dreizehn, denkt Fritzi, wenn er mich nur anschaut, ist das sooo toll. Leider beachtet er mich aber viel zu selten. Ob es ihrer Mutter auch so ging als Mädchen?
Warst du auch so schrecklich unsicher wie ich es bin, Sally? Fritzi dreht sich von einer Seite auf die andere. Warum bist du denn nicht hier? Wo bist du? Lebst du überhaupt noch?
Fritzi schläft nicht gut in dieser Nacht.

Schmetterlinge im Bauch

Als Fritzi und Klara am nächsten Morgen vor dem Schultor stehen, kommt Leo auf sie zu.
»He, ich hab gehört, du machst bei dem Krimiwettbewerb mit?« Fritzi nickt. »Wenn du gewinnst, kannst du mich ja mal auf einen Kaffee einladen.«
»Klar«, antwortet Fritzi, die nicht weiß, wohin mit ihren Händen. Jetzt hat er mich endlich angesehen, denkt sie, und sogar angesprochen. Wow!
Leider muss sie gleich darauf feststellen, dass sie wohl nicht die Einzige ist, die bei seinem Anblick Schmet-

terlinge im Bauch hat. Kaum dass Leo wieder auf dem Schulhof angelangt ist, steht er mit seinem besten Kumpel inmitten eines Mädchenpulks. Mit einer lässigen Kopfbewegung wirft er seine langen Haare aus dem Gesicht. Und er scherzt. Und lacht. Und die Mädchen lachen auch. Sie sind mindestens eine Klasse über Fritzi, oder sie sehen zumindest älter aus. Fritzi, die eher klein und zierlich ist, kann man beim besten Willen nicht älter schätzen als sie ist.

»Was findest du nur an dem?«, wundert sich Klara und schaut zu dem großgewachsenen schlaksigen Jungen mit den glatten, blonden Haaren. »Das ist doch ein oberflächlicher Blender. Schau nur, wie viele auf den hereinfallen.«

»Ich finde, er ist soooo cool. Und er sieht soooo toll aus. Wen findest du denn gut?«, möchte Fritzi nun von ihrer Freundin wissen. Die druckst ein wenig herum.

»Na, los, sag schon!«

»Mir gefällt Bruno«, erklärt Klara da und wirft einen schüchternen Blick zu dem Jungen mit der dunkelbraunen Strubbelfrisur, der gerade den Schulhof betritt. Seine Hose rutscht ihm über die Hüften, und auch sein offenes Hemd über dem T-Shirt sieht total lässig aus.

»Bruno? Der Bruno aus meiner Band?« Fritzi dreht sich spontan nach ihm um. Er spielt Schlagzeug und ist voll okay, findet auch Fritzi. »Aber hat der nicht nur seinen Computer im Kopf?«

»Schau doch nicht so auffällig hin, das merkt er doch«, tadelt Klara sie. »Er ist ein echter Computerfreak, das stimmt. Aber der macht keine Computerspiele oder so, sondern der findet immer voll spannende Sachen raus. Als Computer-Detektiv sozusagen. Und dann macht er manchmal so coole Aktionen.«

Fritzi schaut sie an: »Echt? Was findet er denn raus?«

»Na, er hat zum Beispiel das Facebook-Passwort eines Massentierhalters geknackt und in dessen Namen Freiheit für alle Hühner gefordert.«

»Cool«, schmunzelt Fritzi und staunt, dass Klara so viel über ihren Bandkollegen weiß. »Aber Leo sieht einfach besser aus.«

Klara zuckt nur mit den Schultern.

»Wie weit bist du eigentlich mit deinem Bilderkrimi?«, möchte Klara wissen, als sie schon fast in der Klasse angekommen sind. »Du weißt, dass du ihn bald mailen musst, oder?«

»Er ist fertig.« Sie haben noch Zeit, bis der Unterricht beginnt, und so gibt Fritzi ihrer Freundin die Krimigeschichte zu lesen, die sie gestern Abend fertiggeschrieben hat und heute abschicken will.

Klara ist hellauf begeistert. »Das ist der erste Preis. Das ist eine supergute Geschichte.«

»Wait and see.« Babs hat Klaras Lob gehört und reagiert in ihrer schnippischen Art. »Meine Story kennst du offensichtlich nicht, sonst würdest du anders reden. Habt ihr übrigens gesehen, wir haben in der ersten Stunde Bio.«

Nein, das wissen Klara und Fritzi nicht, weil sie nicht auf den Vertretungsplan geschaut haben. Jetzt wird die Zeit knapp bis zum Klingeln: Sie lassen ihre Schultaschen im Klassenzimmer und rennen zu ihren Schließfächern, um die Biobücher herauszunehmen.

Fritzis Geschichte hat Klara einfach auf ihrem Schulpult abgelegt. Sobald die beiden den Klassenraum verlassen haben, zückt Babs ihr iPhone und richtet es auf Fritzis Schreibblock.

Die Beste und doch nicht Erste

Die Zeitung hat geantwortet. Fritzi ist ganz aufgeregt, als sie sieht, dass sie eine E-Mail bekommen hat. Die kann sie unmöglich allein lesen. Sie schickt Klara eine SMS:
Bdi, bg F – Brauche dich, bis gleich, Fritzi. Ihre Finger zittern vor lauter Aufregung.
B g d, lg K – Bin gleich da, liebe Grüße Klara.
Klara schafft es in Windeseile mit dem Fahrrad zu ihrer besten Freundin. Sie setzen sich beide gespannt vor den Familiencomputer in Kallis Arbeitszimmer.

»Auf die Plätze, fertig, los!« Fritzi klickt die Mail an. Mit jedem Satz, den sie dann lesen müssen, starren sie ungläubiger auf die Mail. Sie lesen sie einmal, sie lesen sie zweimal. Das ändert nichts am Inhalt. Und der ist kaum zu begreifen. Da steht, dass bevor Fritzis Krimigeschichte eintraf, die Zeitung bereits genau die gleiche Geschichte erhalten hatte. Exakt dieselbe Story. Satz für Satz. Wort für Wort. Der Name der Autorin: Babs. Da habe Fritzi wohl abgeschrieben, schreibt die Zeitung, das sei übrigens nicht sehr fair und sportlich und würde sie für alle weiteren Wettbewerbe dieser Zeitung disqualifizieren.

»Klara, zwick mich mal, ich glaub, ich träume!«, bittet Fritzi die Freundin fassungslos.

»Das muss ein Albtraum sein, ich träum das Gleiche«, sagt Klara und reibt sich die Augen.

»Wie kann es sein, dass ich die gleiche Geschichte habe wie Babs?« Fritzi hat Tränen in den Augen. Sie findet es so ungerecht, dass ihr unterstellt wird, sie habe abgeschrieben. »Dieselbe Idee, dieselben Namen, denselben Kommissar. Ja, sogar ein Komma haben wir beide an derselben Stelle falsch gesetzt.«

»Das ist hundsgemein!« Klara, die sonst immer so ruhig bleibt, regt sich jetzt mächtig auf. »Es ist doch ganz klar, wer da bei wem abgeschrieben hat. Babs bei dir!«

»Aber wie um alles in der Welt hat sie das gemacht?«, fragt Fritzi, die sich jetzt kräftig schnäuzt und ihre Tränen nicht länger zurückhalten kann. »Das geht doch gar nicht.«

»Die Biostunde«, fällt es Klara da siedend heiß ein. »Fritzi, weißt du noch, wir haben unsere Biobücher geholt, weil Babs gesagt hat, wir hätten Bio in der ersten Stunde. Das stimmte aber gar nicht. Und ich habe deine Geschichte einfach im Klassenraum gelassen.«

»Aber wir waren nur ein paar Minuten weg, das hätte sie niemals geschafft, die Geschichte in der Zeit abzuschreiben.« Fritzi trocknet ihre Tränen und kann einen Schluchzer nicht unterdrücken. »Wie hat sie das bloß angestellt?«

»Jetzt hast du die beste Geschichte geschrieben und doch nicht gewonnen«, sagt Klara traurig. »Wie können wir das nur beweisen?«

»Gar nicht«, antwortet Fritzi. Ihre Augen werden erneut feucht. »Jetzt wird es wieder nichts mit meiner E-Gitarre. Aber noch schlimmer ist, dass ich als Schwindlerin dastehe und das nicht klarstellen kann.«

»Zicke Zacke Kinderkacke, Fritzi. Da stehn wir doch drüber!«, versucht Klara ihre Freundin mit ihrem Lieblingsspruch aufzumuntern.

Der Reim ist für die beiden zu einer Art Motto geworden, sich nicht unterkriegen zu lassen. Normalerweise sagt die eine *Zicke Zacke* und die andere antwortet *Kinderkacke*, dann klatschen sie sich ab, und es ist klar: Sie lassen sich nicht die Laune verderben – von was und wem auch immer. Schließlich sind sie keine Kinder mehr. Aber heute funktioniert ihr Aufmunterungsmotto nicht. Fritzi wischt sich die Tränen ab, die gar nicht enden wollen.

Der elfte Geburtstag hat es in sich

Am Morgen ihres elften Geburtstags wacht Fritzi auf, lange bevor ihr Wecker klingelt. Vielleicht, vielleicht, vielleicht, wünscht sie sich, hüpft aus dem Bett und geht ins Bad. *Wunder geschehen, ich hab's gesehen* – warum ihr wohl ausgerechnet jetzt dieser alte Schlager in den Kopf kommt und gar nicht mehr da raus will? Sie steht doch gar nicht auf Schlager.
Kalli hat den Frühstückstisch liebevoll gedeckt und mit bunten Girlanden dekoriert. Er hat elf Kerzen angezündet und einen Schokokuchen gebacken. Frit-

zis Lieblingskuchen. Fritzi blickt sich verstohlen in ihrer Wohnküche um. Sogar Luftballons hat Kalli aufgehängt. Aber ein großes Paket kann Fritzi nirgendwo entdecken.

»Alles Gute zu deinem elften Geburtstag, liebe Fritzi.« Kalli nimmt sie in die Arme und drückt ihr einen Kuss auf die Wange. Dann überreicht er ihr ein kleines Päckchen, das in rotes Geschenkpapier eingewickelt und mit einer silbernen Schleife verziert ist, und schmunzelt. »Ich habe mir sagen lassen, junge Frauen lieben Schmuck.«

Nicht heulen, nicht heulen, nicht heulen, verbietet sich Fritzi im Stillen und versucht im Gegenteil fröhlich auszusehen, als sie das kleine Geschenk vorsichtig öffnet.

»Wow, eine Kette, danke, Kalli«, sagt sie und zaubert sogar ein Lächeln auf ihr Gesicht, als sie die Silberkette mit dem Schutzengel aus Edelstein daran in der Hand hält.

Kalli hat es sicher gut gemeint. Aber insgeheim hat sie natürlich doch noch auf die lange ersehnte E-Gitarre gehofft. Sie hat sich so sehr gewünscht, dass Kalli merkt, wie wichtig ihr das Instrument ist. Und die Musik. Dass er begreift, dass sie kein Kind mehr ist, das auf einer Akustikgitarre herumklimpern kann. Er hat doch neulich selbst gestaunt, wie groß sie geworden ist. Mist, Mist, Mist, schimpft Fritzi insgeheim. Jetzt hat es weder beim Krimiwettbewerb noch beim Geburtstag damit geklappt. Fritzi spürt, wie die Tränen wieder in ihre Augen steigen. Schnell dreht sie sich um und kramt im Kühlschrank nach Joghurt. Hunger hat sie nicht, aber Kalli soll auf keinen Fall sehen, wie traurig sie ist.

In der Schule wird Fritzis Stimmung nicht besser, denn sie muss sehen, dass Leo nur noch Augen für Babs hat. Er macht ihr endlos Komplimente wegen ihrer tollen Krimistory und würdigt Fritzi keines Blickes mehr.

»Wir können doch einen Milchkaffee trinken gehen und deinen Erfolg mit Kuchen und Sahne feiern«, schlägt er Babs vor, als Fritzi gerade an den beiden vorbeigehen muss.

Sie spürt einen dicken Kloß in ihrem Hals. Gut, dass Klara auftaucht und sie als Geburtstagsgeschenk für den Nachmittag ins Kino einlädt. Klara erzählt, dass ihre Eltern einige Wochen auf Dienstreise müssen und Ricardo, ihr älterer Bruder, für die Zeit wieder bei ihnen einziehen wird.

»Ricardo ist echt cool«, findet Klara, die ihren großen Bruder sehr bewundert. »Den interessiert es auch gar nicht, wann ich ins Bett gehe. Ich glaub, den interessiert nicht mal, ob ich überhaupt ins Bett gehe.« Die beiden müssen lachen, denn auch Fritzi mag den netten Kunststudenten sehr.

Dass an diesem Tag noch eine weitere Geburtstagsüberraschung auf sie warten würde, damit hat Fritzi nicht gerechnet. Als sie abends in ihr Zimmer geht, findet sie ein Paket auf ihrem Schreibtisch.

Huch, von wem ist das denn, wundert sich Fritzi. Dann entdeckt sie die Aufschrift: *Für Fritzi von Sally.*

Automatisch lässt sich Fritzi in den Schneidersitz sinken. »Von meiner Mutter? Wahnsinn!«

Gerade in den letzten Tagen hat sie sich immer mehr nach ihrer Mutter gesehnt. Warum nur hat sie sie im Stich gelassen? Warum ist sie gegangen? Bekommt sie endlich eine Antwort auf ihre Fragen?

Fritzi platzt fast vor Neugier. Ungeduldig löst sie das Papier und das Band, das um einen Schuhkarton geschnürt ist, und hebt den Deckel an. Was sie dann sieht, verschlägt ihr die Sprache: Zuerst fällt ihr Blick auf ein wunderschönes rotes Kleid. Fritzi nimmt es heraus und hält es sich an.

Das könnte passen, stellt sie fest, und schon hat sie ihre Jeans aus und das Kleid angezogen. Wow, sieht ja echt toll aus.

Dann schaut sie, ob noch mehr in dem geheimnisvollen Paket verborgen ist. Fritzi findet einen minikleinen Raben aus Hartgummi und ein Foto, das eine lachende junge Frau mit einem Baby im Arm zeigt. Das muss sie sein, ihre Mutter, sie hat die gleichen roten Haare wie Fritzi. Und das bin ich als Baby, denkt Fritzi.

»Du siehst eigentlich sehr nett aus, Sally. Aber warum bist du bloß abgehaun? Kalli spricht nicht über dich. Und alle Fotos sind weg. Es gibt keine Spuren mehr von dir. Nichts. Nirgends. Bis jetzt.« Fritzi ist glücklich, endlich etwas zu besitzen, was ihre Mutter ihr geschickt hat. Das tröstet sie sehr. Auch wenn Kalli schwer in Ordnung ist, doch gerade jetzt vermisst sie ihre Mutter.

Und dann entdeckt sie den Briefumschlag. Ihre Finger zittern, als sie ihn öffnet und den Brief herauszieht.

Liebe Fritzi, steht da in einer großen, gleichmäßigen Handschrift, *ich habe Deinen Vater gebeten, Dir dieses Päckchen an Deinem elften Geburtstag auszuhändigen. Ich hoffe, das Kleid gefällt Dir und passt auch. Ich möchte Dir sagen, wie leid es mir tut, dass ich Euch beide allein lassen musste. Du musst wissen, wie schwer mir das gefallen ist. Es bricht mir heute noch das Herz! Aber es ging nicht anders. Das musst Du mir glauben. Es ist etwas so Schlimmes passiert, dass mir keine andere Möglichkeit blieb, als zu gehen. Wenn Du erwachsen bist, erzähle ich Dir alles. Dann bringen wir mit Hilfe der Lupe Licht ins Dunkel. Versprochen. Ich liebe Dich, Deine Sally.«*

Bestürzt faltet Fritzi den Brief wieder zusammen. Ihr laufen die Tränen über die Wangen. Wie gern wäre sie jetzt bei Sally! Wie schön sie schreibt. Voller Gefühl. Aber warum verschweigt auch sie den Grund, warum sie gehen musste? Was soll das Geheimnis? Warum denken immer alle, ich bin noch nicht alt genug für die Wahrheit? Und was meint sie mit der Lupe?

Fritzi durchwühlt hastig den Schuhkarton. Sie fördert ein zweites Foto zutage.

»Wahnsinn! Was für ein Zufall«, flüstert sie.

Denn auf dem Foto erkennt sie genau das Bild wieder, vor dem sie noch vor kurzem im Städel gesessen hat. *Hotelflur* von Auguste Chabaud.

»Warum hast du denn ausgerechnet dieses Bild fotografiert? Und wo ist diese merkwürdige Lupe? Ah, da.«

Auf dem Boden des Schuhkartons findet Fritzi sorgfältig in weißes Seidenpapier gewickelt eine Handlupe mit Beleuchtung. Was hat das nur zu bedeuten, fragt sich Fritzi.

Sie schiebt den leeren Schuhkarton unter ihr Bett und drapiert die beiden Fotos samt Raben und Lupe auf ihrem Nachtschränkchen.

»Ich werde dein Geheimnis schon herausfinden, Sally, das verspreche ich dir. Und dann finde ich dich. Und zwar bald, nicht erst, wenn ich erwachsen bin.«

Hundemüde, aber sehr zufrieden, weil sie eine Entscheidung gefällt hat, sinkt sie endlich in die Kissen und schläft auf der Stelle ein. Sie hat ganz vergessen, das rote Kleid auszuziehen.

Wut im Bauch

Ach, sie hat sich bestimmt in einen anderen Mann verknallt, deshalb ist sie gegangen«, vermutet Klara, als Fritzi ihr brühwarm von dem Überraschungspaket berichtet.
Die beiden sind auf dem Weg zur Schule. Klara hat ihre beste Freundin schon öfter nach ihrer Mutter gefragt. Aber da Fritzi bei diesem Thema immer sehr einsilbig reagiert hat, dachte Klara, das Thema sei ihr unangenehm, und hat nie wirklich nachgehakt.
»Das glaube ich nicht«, widerspricht Fritzi. »Auch

wenn ihn das bestimmt gekränkt hätte, aber das hätte Kalli erzählt, ganz sicher. Sally muss einen sehr guten Grund gehabt haben, uns zu verlassen.«

»Vielleicht ein tolles Jobangebot im Ausland?«, überlegt Klara.

Fritzi schüttelt den Kopf.

»Hat Kalli denn nie von ihr erzählt?«

Fritzi schüttelt erneut den Kopf.

»Echt? Hat er wenigstens gesagt, was sie so gemacht hat?«

Fritzi schüttelt den Kopf. »Ich weiß nur, dass sie Sally heißt.« Dann berichtet sie Klara von ihrer Entscheidung, sich auf die Suche nach ihrer Mutter zu machen. »Ich möchte endlich wissen, was damals passiert ist und wo Sally jetzt ist.«

»Hast du die Fotos dabei? Ich bin total neugierig, wie Sally aussieht.«

Fritzi zieht die beiden Fotos aus ihrer Hosentasche.

»Ups, sie sieht genau aus wie du. Das ist ja unglaublich, die gleichen Haare, und ihr habt beide blaugrüne Augen.« Klara ist verblüfft über die große Ähnlichkeit. »Aber wo willst du denn jetzt anfangen mit der Suche, du hast doch nur die Fotos. Und die Idee, dass das Geheimnis mit dem Bild im Museum zu tun haben könnte.« Klara schaut ziemlich skeptisch drein.

»Warum sonst hat Sally ausgerechnet das Chabaud-Bild

fotografiert? Das ist doch ein Zeichen!« Fritzi sagt das mehr zu ihrer eigenen Bestätigung, sie hat doch auch lauter Fragezeichen im Kopf. »Ich glaub, wir müssen wieder ins Städel. Wir sollten uns den *Hotelflur* noch mal genau ansehen. Bist du dabei?«

»Das versteht sich doch von selbst, ich eigne mich prima als Spürnase«, lacht Klara. »Aber es darf nicht zu gefährlich werden ...«

»Nein, nein, mein kleines Hasenfüßchen«, neckt Fritzi sie. Aber das Lachen bleibt ihr im Halse stecken, als sie bemerkt, dass Leo und Babs gemeinsam zur Schule kommen. Leo hat sogar kurz seinen Arm um Babs gelegt, das hat Fritzi genau gesehen.

»Er ist und bleibt ein eitler Gockel«, regt sich Klara auf, die sieht, wie traurig ihre Freundin plötzlich geworden ist.

»Hi, Fritzi, das hat wohl nicht geklappt mit dem ersten Preis. Don't worry. Vielleicht schaffst du es ja im nächsten Jahr«, ruft Babs ihr quer über den Schulhof zu. »Die Zeitung hat mir gesagt, du hast bei mir abgeschrieben???!!! Shame on you, Copymouse!« Babs und Leo grinsen sich an.

Fritzi wäre am liebsten auf der Stelle im Boden versunken, so peinlich ist ihr die ganze Geschichte. Jetzt steht sie vor allen als Betrügerin da. Am liebsten hätte sie Babs auf den Mond geschossen. Diese blöde Kuh, schimpft sie innerlich, aber natürlich bekommt sie wieder kein Wort raus.

Klara, die beobachtet, wie nah Fritzi die ganze Geschichte noch geht, greift schnell zum bewährten Mittel: »Zicke Zacke …«

»… Kinderkacke«, antwortet Fritzi prompt mit einem Stoßseufzer, dann klatschen sich die beiden ab.

Das Bild ist verschwunden

Als Fritzi und Klara am Nachmittag im Museum vorbeischauen, müssen sie feststellen, dass der *Hotelflur* von Auguste Chabaud nicht mehr an seinem Platz hängt. Eine große verwaiste, rechteckige Fläche, die deutlich heller ist als der Rest der Wand, zeigt den Mädchen, wo das Bild einst hing.
»Meinst du, das Bild ist geklaut worden?«, fragt Klara verwundert.
»Nee, dass hätte Kalli bestimmt erzählt«, erklärt Fritzi.

Kalli liest ihr nämlich jeden Morgen aus der Zeitung vor. Das heißt, er liest ihr nicht die einzelnen Artikel vor, sondern er kommentiert eher das Tagesgeschehen. Vor allem die Artikel aus dem kriminalistischen Bereich haben es ihm angetan: »Stell dir vor, Fritzi, da haben zwei Gauner einen Juwelier überfallen. Es ist alles mit der Überwachungskamera gefilmt worden. Die waren nicht einmal maskiert. Die können ihre Wohnung für die nächsten fünf Jahre kündigen.« Oder: »Na so was, Fritzi. Da hat doch tatsächlich ein Räuber versucht, einen Schimpansen aus dem Zoo zu entwenden. Hahaha, der Affe hat ihn gebissen, so dass er das Tier laufen lassen musste. Vielleicht kommt er mit einer Bewährungsstrafe davon.«

Fritzi ist sicher, ein gestohlenes Bild wäre Kalli nicht entgangen.

»Komm, wir fragen mal den Mann von der Museumsaufsicht. Der weiß bestimmt, ob das Bild vielleicht doch gestohlen wurde«, schlägt Klara trotzdem vor.

»Ei, seid ihr narrisch«, entgegnet der Mann unwirsch. »Des Bild is net geklaut worde. Des hat de Frau Kleibich zum Restauriere abgeholt. Des is in unser Werggstatt. Die Kleibich bringt des widdä, wenn se feddisch is.« Restauratoren würden alte Bilder wieder »uffpeppe«, ergänzt der Mann von der Museumsaufsicht noch. »Des sin suppä Leut«, die könnten sich in jeden Künstler hineinversetzen, kein Detail würde ihnen entgehen, das sei ein Phänomen. Ihre »einzischaardische« Arbeit würde viel zu wenig gewürdigt. Der Museumsrestaurator hätte keine Zeit gehabt, fügt der Mann noch hinzu. Deshalb sei die Frau Kleibich eingesprungen.

»Und wie lange wird das dauern?«, fragt Fritzi.

»Na, so drei, vier Tach«, antwortet der Museums-Mann.

~ * ~

Ricardo ist nicht da, als die beiden Mädchen bei Klara zu Hause ankommen. Er hat auf dem Küchentisch einen Zettel mit einer Nachricht hinterlegt:

Essen ist im Ofen. Komme heute spät zurück, lg Ricardo.

»Das ist doch wieder typisch mein großer Bruder. Er ist immer unterwegs«, schimpft Klara. »Na, wenigstens hat er etwas zu essen vorbereitet.«

Aber die halbverkohlten Pizzareste, die sie dann aus dem Backofen zieht, verderben ihr gleich wieder den Appetit. Fritzi kann sich ein Lächeln nicht verkneifen.

»Ja, du hast gut lachen. Dein Vater ist ja auch eine Wucht als Koch«, sagt Klara. Verzweifelt sucht sie im Gefrierschrank nach Alternativen zur Brikett-Pizza.

»Das darf doch nicht wahr sein. Er hat alles weggeputzt. So ein egoistischer Vielfraß!«

Schließlich begnügen sich die beiden mit Honigbrötchen.

»So, Fritzi«, mümmelt Klara. »Jetzt lass mal hören, was wissen wir bis jetzt über deine Mutter?«

»Das ist schnell erzählt«, erklärt Fritzi. »Sie heißt Sally und ist vor fast zehn Jahren sang- und klanglos verschwunden.«

»Und sie hat dir ein Paket zukommen lassen«, ergänzt Klara. »Mit Fotos, einem Raben, einer Lupe und einem Brief. Ach ja, und mit einem roten Kleid. Wann sehe ich das endlich?«

»Am Wochenende, da haben wir den ersten großen Gig mit unserer Band im *Café Crème.*«

Das ist tatsächlich der erste öffentliche Auftritt von *4ever.* Bisher haben sie nur vor kleinem Publikum in der Schulaula gespielt. Im *Café Crème* dagegen treffen sich die jungen Leute, die musikinteressierten Schüler, Auszubildenden, Studenten. Das Café hat einen eigenen großen Veranstaltungsraum mit Bühne.

»Das ist ja cool«, freut sich Klara.

»Ich bin ganz schön aufgeregt. Bruno hat erzählt, es sind sogar Talentscouts unterwegs«, sagt Fritzi.

»Talentscouts? Was suchen die?«, möchte Klara wissen.

»Die suchen die besten Schülerbands, und die werden dann irgendwohin eingeladen«, erklärt Fritzi. »Aber sollen wir jetzt nicht im Internet gucken?«

Die beiden haben sich nämlich vorgenommen, den Namen von Fritzis Mutter in die verschiedenen Suchmaschinen einzugeben. Vielleicht, so hoffen sie, finden sie ja eine erste Spur.

Sally Krüger tippt Klara in ihren Laptop ein, nachdem sie sich bei Fritzi über die korrekte Schreibweise informiert hat: Sally mit y. Aber unter diesem Namen finden sie keinen Hinweis auf jemanden, der mal in Frankfurt gelebt hätte.

»Wir brauchen mehr Informationen«, sagt Fritzi enttäuscht. »So finden wir sie nie.«

»Oder wir brauchen jemanden, der uns bei unserer Suche hilft. Zum Beispiel Bruno«, schlägt Klara vor. »Komm, wir gucken mal, ob er *on* ist.« Sie loggen sich in das Schülernetzwerk ein. Tatsächlich ist Bruno im Chat.

»Du musst ihm schreiben«, erklärt Klara. Und auf den verwunderten Blick von Fritzi antwortet sie: »Mich kennt er doch gar nicht richtig.«

Hi, Bruno.

Hi, Fritzi.

Brauch deine Hilfe.

?

Suche meine Mutter, finde nichts.

Name.

Sally Krüger.

W8 – Warte, bittet sie Bruno. Eine Weile herrscht Funkstille. Und Fritzi und Klara überlegen, wie sie noch etwas über Sally herausfinden können.

»Was soll eigentlich der Rabe bedeuten?«, fragt Klara. »Oder die Lupe?«

»Ich habe echt keine Ahnung«, antwortet Fritzi. »Vielleicht ist der Rabe eine Art Glücksbringer. Aber mit der Lupe kann ich überhaupt nichts anfangen.«

WD – Wieder da, meldet sich Bruno zurück.

Und?

Nichts gefunden. Sry – Nichts gefunden. Sorry.

KP – Kein Problem, antwortet Fritzi und lässt sich ihre Enttäuschung nicht anmerken. Wäre ja auch zu schön gewesen, wenn Bruno gleich das Rätsel gelöst hätte, denkt sie.

HAND – Have a nice day, schönen Tag noch, wünscht Bruno.

Ok, danke, lg, verabschiedet sich Fritzi.

»Es führt kein Weg dran vorbei, wir müssen was aus Kalli rauskriegen«, sagt Klara.

»Wo du recht hast, hast du recht«, antwortet Fritzi. »Ich glaub, ich weiß auch schon, wie.«

Üben, üben, üben

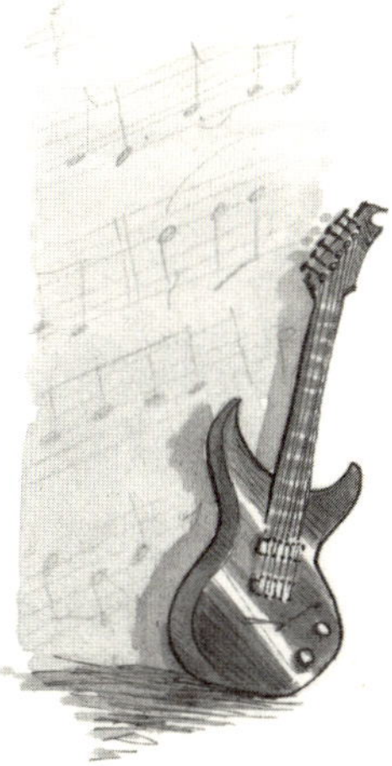

Danke übrigens, für gestern«, begrüßt Fritzi Bruno, als sie sich am nächsten Nachmittag im Musikraum ihrer Schule treffen. Den dürfen sie mehrmals in der Woche für ihre Proben nutzen.
»Schon okay«, antwortet Bruno, der bereits hinter seinem Schlagzeug Platz genommen hat und sich langsam warm spielt. »Wenn ich mehr Infos hätte, könnte ich es noch mal versuchen.«
»Leider weiß ich nur ihren Namen«, gesteht Fritzi und erzählt, warum sie ihre Mutter jetzt sucht.

»Spannende Geschichte«, findet Bruno. »Aber komisch ist es, dass ich mit dem Namen nur Frauen in England oder Amerika gefunden habe.«
»Ob sie etwa ausgewandert ist?«, fürchtet Fritzi und hängt sich ihre Gitarre um. Wenn sie im Ausland ist, finde ich sie bestimmt nie wieder, denkt sie bekümmert. Wo soll ich denn da suchen?
»Nee, die waren alle noch so jung, da war deine Mutter bestimmt nicht dabei.« Bruno klingt so überzeugend, dass Fritzi ein Stein vom Herzen fällt.
Als Eddy, der Gitarrist, und Bent, der Bassist, auftauchen, sind *4ever* komplett. Heute hat Eddy eine Überraschung für Fritzi. Er überreicht ihr eine blaue E-Gitarre.
»Mein Bruder leiht sie dir für die nächsten Wochen. Er ist verreist und konnte sie nicht mitnehmen«, erklärt Eddy.
»Wow. Die ist ja total cool«, freut sich Fritzi und schlägt gleich die ersten Töne an. »Klingt super, danke.«
»Null Problem. Aber die Akustikgitarre geht echt nicht mehr, wenn wir jetzt groß auftreten«, sagt Eddy. »Wenn das die Talentscouts sehen, sortieren die uns doch umgehend aus, nach dem Motto: Gehen Sie nicht über Los. Gehen Sie direkt in den Kindergarten.«
Diese Vorstellung führt zu einem allgemeinen Heiterkeitsausbruch.

»Übrigens, ich hab einen neuen Text geschrieben.« Fritzi zieht ein Blatt aus ihrer Jeanstasche und hält es Bruno hin.
Fritzi ist zwar das Küken der Band, schließlich sind Bruno, Bent und Eddy zwei, drei Schulklassen über ihr. Dennoch ist es ausgerechnet Fritzi, die für ihre Band selbst geschriebene Songs liefert, die Bruno dann vertont. Diese eigenen Songs im Pop-Punk-Stil machen die Band zu etwas ganz Besonderem, und ihre Schulauftritte werden jedes Mal zu einem Ereignis. Bruno liest laut vor:
»Ihr nervt, wenn ihr sagt: das kannst du nicht!
Ihr nervt, wenn ihr sagt: das tut man nicht!
Ihr nervt, wenn ihr nur von Schule sprecht,
ich mag mein Leben – doch ihr macht es schlecht!«
»Das ist gar nicht übel«, findet Bent. »Kannst du da was mit anfangen, Bruno?«
Der nickt. »Glaub schon, gebt mir ein paar Tage Zeit, und ich mach einen guten Song draus.«
Und dann beginnen sie, ihre alten Stücke zu üben. Fritzi ist begeistert von »ihrer« E-Gitarre. Nur die Fingerkuppen schmerzen am Ende. Sie sollte sich schnellstens ein Plektron besorgen.

Rabenmutter

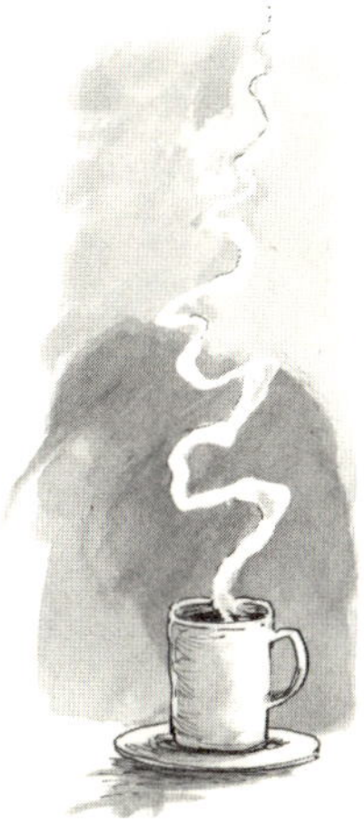

Fritzi und Klara haben eine Freistunde. Heimlich verlassen sie das Schulgelände und gehen ins *Café Crème*.

»Ich weiß jetzt, was der Rabe zu bedeuten hat«, beginnt Klara und spielt mir ihrer langen Halskette. Fritzi schaut sie fragend an und nippt an ihrem Kakao. »Das ist doch ganz klar. Sally will damit sagen, dass sie sich wie eine Rabenmutter verhalten hat.«

»Äh? Wie bitte?« Fritzi kommt nicht ganz mit.

»Ist doch klar: Als Rabenmütter werden Mütter bezeichnet, die sich nicht richtig um ihre Kinder kümmern. Und Sally hat sich nicht um dich gekümmert. Das weiß sie natürlich – deshalb der Rabe.«

»Aber das stimmt doch nicht, Klara. Das sind Vorurteile. Raben sind sehr fürsorgliche Eltern. Und sie sind auch nicht böse. Sie sind superintelligent. Die werfen zum Beispiel Nüsse auf die Straße, damit die Autos sie für sie knacken.« Fritzi weiß das ganz genau, über die Raben hat sie nämlich in Biologie ein Referat gehalten.

»Echt? Aber warum hat Sally dir dann den Raben geschickt?«

»Wenn ich das nur wüsste«, seufzt Fritzi. »Guck mal, wer da kommt.«

Es ist Ricardo, der gerade das Café betritt und erstaunt zu sein scheint, seine kleine Schwester hier anzutreffen. Er zieht seine braune Lederjacke gar nicht aus, als er sich zu den beiden an den Tisch setzt.

»Was macht ihr hier? Schwänzt ihr etwa die Schule? Das muss ich wohl an Mam und Paps weitermelden«, droht Ricardo scherzhaft und streicht sich durch seine kurzen Locken. Fritzi bemerkt, dass er einen Tunnel-Ohrring trägt.

»Freistunde, du alter Spion! Da kannst du uns nicht verpetzen«, stichelt Klara. »Was machst du überhaupt hier?«

»Ich genehmige mir noch einen Milchkaffee, bevor die Uni beginnt, wird heute ein langer Tag«, erklärt Ricardo und hat Lilly, der Bedienung, schon ein Zeichen gegeben.
»Zeig doch mal Ricardo das Foto von dem Bild«, fällt es Klara unvermittelt ein. »Vielleicht kann er ja was damit anfangen.«
Fritzi zieht das Foto vom *Hotelflur*, das sie neben dem Foto von ihrer Mutter immer bei sich trägt, aus ihrer Hosentasche und legt es auf den Tisch.
»Cooles Foto«, lautet sein knapper Kommentar bevor er beginnt, den Schaum von seinem Milchkaffee zu löffeln. »Ist das nicht ein Bild vom alten Auguste?«
»Du kennst den Maler Auguste Chabaud?«, fragt Klara. »Was weißt du denn über ihn?
»Klar kenne ich den alten August«, antwortet Ricardo und deutscht den Vornamen kurzerhand ein. »Das war ein toller Künstler, hat sehr ausdrucksstarke Bilder gemacht. Leider ist er nur sehr Wenigen ein Begriff. Aber dafür ist er mein Vorbild.« Verblüfft schauen Fritzi und Klara ihn an. »Ein großes Vorbild sogar, nicht nur in künstlerischer Hinsicht: Er hatte auch eine Schwäche für schöne Frauen.« Dabei schaut Ricardo verschmitzt über den Rand seines Milchkaffee-Glases und zwinkert Lilly zu. Klara zuckt entschuldigend die Schultern. Fritzi rollt genervt mit den Augen: Müssen zwanzig-

jährige Männer so sein?, denkt sie bei sich. Aber cool ist er ja schon irgendwie, dieser Ricardo.

~ * ~

Sie müssen sich beeilen, um es rechtzeitig zur dritten Stunde zu schaffen.

»Los, komm, wir rennen«, spornt Klara ihre Freundin an, als sie das *Café Crème* verlassen. »Dann können wir auch gleich für den Hundert-Meter-Lauf üben.« Im Sportunterricht trainieren sie gerade für die Bundesjugendspiele. Fritzi ist sehr gut in Weitsprung, während Klara ihr beim Laufen immer eine Nasenlänge voraus ist. Sie liegt auch jetzt vorn. Fritzi versucht, ihren Jackenzipfel zu erwischen, um die Freundin zu bremsen. Lachend biegen die beiden um die nächste Ecke und verlangsamen automatisch ihre Schritte, als sie sehen, dass Bruno mit seinem Fahrrad auf dem Bürgersteig steht und von einem kräftigen, bärtigen Mann lautstark beschimpft wird.

»Was hast du überhaupt mit deinem Fahrrad auf dem Bürgersteig zu suchen?« Der Bärtige hält ein überdimensional großes Paket mit beiden Händen fest. Er hat es aus einer Kunsthandlung herausgetragen und ist augenscheinlich im Begriff, es in sein Auto zu laden. Der Kofferraum steht weit offen.

»Immer schön locker bleiben, ja, es ist ja nichts passiert.« Bruno lässt sich nicht so leicht aus der Ruhe bringen. Er leckt genüsslich an einem Eis.
»Eis essen und gleichzeitig Rad fahren, das kann ja nicht gutgehen.« Der Mann will sich nicht beruhigen.
»Hast du überhaupt eine Ahnung, wie wertvoll solch ein Bild ist?« Er hält das Paket demonstrativ in die Höhe.
»Es hat doch keinen Kratzer abbekommen, ich hab doch rechtzeitig gebremst«, sagt Bruno und lässt sich sein Eis weiter schmecken.
Fritzi und Klara, die von den beiden Streithähnen bisher nicht wahrgenommen wurden, haben das Gefühl, sie müssen beschwichtigend eingreifen.
»Hi, Bruno, alles okay?«, erkundigt sich Klara.
»Bei mir schon, muss heute später zu Schule.«
»Na, dann können wir ja zusammen gehen«, sagt Fritzi und zieht Bruno samt Fahrrad von dem immer noch erbosten Mann weg. »Puh, der war ja voll unangenehm«, entfährt es ihr, als sie außer Hörweite sind.
»Ich weiß gar nicht, warum der sich so aufgeregt hat, es ist null passiert«, erklärt Bruno. »Merkwürdiger Typ und voll die bad vibrations.«
Die drei schauen nicht zurück. So sehen sie nicht, dass der Bärtige Fritzi verwundert nachblickt und einer

Frau in der Kunsthandlung aufgeregte Zeichen gibt. Als sie auf den Bürgersteig tritt, starrt sie Fritzi mit offenem Mund nach.

Kalli im Kreuzverhör

Fritzi hat genug von Kallis Schweigen. Er darf sie nicht länger behandeln wie ein kleines Kind. Er muss ihnen einfach weiterhelfen. Sie haben überhaupt noch keine Idee, wo Sally stecken könnte. Sie wissen zu wenig über sie. Da Kalli ihr immer ausweicht, wenn sie mit ihm allein ist, holt sie sich Klara zu ihrer Unterstützung.

»Heute machen wir mal einen gemütlichen Spieleabend, Klara kommt auch.« Fritzi stellt Kalli vor vollendete Tatsachen. Schließlich sind ihr Vater und sie große Fans von Gesellschaftsspielen, im Moment spielen sie am liebsten Skat. Nur brauchen sie dazu natürlich den »dritten Mann«. Und das ist heute Klara. Fritzi hat Klara das Skatspielen in den Schulpausen beigebracht. Wochenlang haben sie in jeder freien Minute die Karten herausgeholt.

»Das ist eine gute Idee, Fritzi«, freut sich Kalli. Er hat seine Tochter in der letzten Zeit kaum gesehen. Für eine Elfjährige ist sie ganz schön viel unterwegs, findet er. Das hängt bestimmt mit ihrer Band zusammen, vermutet Kalli und ärgert sich, dass er sich die Musikgruppe nicht längst angeschaut hat. Er hat sich vorgenommen, mal ein Wörtchen mit seiner Tochter über ihre Aktivitäten zu sprechen.

»Schreibst du auf, Kalli? Dann fange ich an zu geben«, sagt Fritzi, als die drei schließlich im Wohnzimmer zusammensitzen.

Ihr Vater nickt. »Um was spielen wir heute?«, möchte er wissen.

»Um ein Geständnis,« erklärt Fritzi rigoros.

»Ein Geständnis?« Kalli schwant nichts Gutes.

»Ja, wenn du verlierst, musst du unsere Fragen beantworten,« sagt Fritzi, und schon verteilt sie die Karten. »Du sagst an, Klara.«

»18, 20, 2 …« Klara spielt Herz mit zwei Buben und gewinnt haushoch gegen Fritzi und Kalli.

»Du, Kalli«, beginnt Fritzi. »Kann ich dich mal was fragen?«
»Immer, meine Lieblingstochter, immer«, antwortet Kalli, der nun dran ist, die Karten zu mischen und zu verteilen.
»Warum hat Sally wohl dieses Bild fotografiert?« Und dann zeigt sie ihm das Foto des Chabaud-Bildes.
Kalli schaut seine Tochter wütend an. »Aber, Fritzi, das ist doch wohl nicht der richtige Moment, um darüber zu sprechen, oder?«
Diesmal spielt Kalli einen Grand. Also, nur die Buben sind Trumpf. Kalli geht mit Pauken und Trompeten unter. Er hat sich verzockt. Fritzi und Klara feixen. Schließlich sind sie die Anfängerinnen. Aber sie spielen heute auf Risiko. Und es zahlt sich aus. Sie haben eine Glückssträhne, während Kalli ein ums andere Mal verliert.
»Mochte deine Frau dieses Bild besonders gern?«, legt nun Klara nach und tippt auf die Chabaud-Fotografie.
»Ist das hier ein Kreuzverhör?«, stöhnt Kalli. »Ich habe heute wohl verdammt schlechte Karten.«
»Ja, das hast du«, stimmt Fritzi zu.
»Also gut, ihr habt ja sowieso gewonnen. Und: Spielschulden sind Ehrenschulden: Was wollt ihr also wissen?« Kalli legt die Karten beiseite.

»Das Bild«, erinnert ihn Fritzi.
»An diesem Bild hat deine Mutter zuletzt gearbeitet,« erklärt Kalli endlich.
»Wie: Sie hat daran gearbeitet?«, möchte Klara wissen.
»Sally war Malerin, und sie hat als Restauratorin gearbeitet. Wisst ihr, was das ist?«
»Ja, die peppen alte Bilder wieder auf«, sagt Fritzi, das haben sie schließlich von der Museumsaufsicht erfahren.
»Richtig. Restauratoren bessern beispielsweise ganz behutsam Schäden an einem Bild aus. Und kurz bevor sie dann im Frühjahr sang- und klanglos verschwand, hat Sally dieses Bild ihres Lieblingsmalers restauriert. Darin war sie sehr gut. Eine Meisterin ihres Fachs.«
»Wurdest du auch von ihrem Verschwinden überrascht?« Klara hat nicht überhört, wie bitter Kallis Worte plötzlich klingen.
»Ja, das wurde ich. Komplett überrascht! So, damit ist unser gemütlicher Skatabend wohl zu Ende.« Kalli steht auf und verlässt das Wohnzimmer.
»Puh. Ihm muss man ja wirklich jedes Wort aus der Nase ziehen«, stöhnt Klara. »Das ist echt unangenehm.«
»Aber wir sind einen großen Schritt weiter. Jetzt wissen wir nämlich, dass Sally eine Künstlerin war. Und

dass dieses Bild tatsächlich eine große Bedeutung für sie hatte. Ich denke, wir sollten morgen noch mal ins Städel Museum gehen, was meinst du?«

Fritzi packt die Karten wieder ein. Sie ist sehr zufrieden mit dem Verlauf des Abends.

Eine Entdeckung im Museum

Fritzi hat die Lupe mit ins Städel Museum genommen. Man kann ja nie wissen, hat sie sich gedacht, für irgendetwas muss sie schließlich gut sein.
»Da hängt es ja wieder«, freut sich Klara, als sie den *Hotelflur* an seinem alten Platz findet. »Sieht aus wie immer, was meinst du, Fritzi?«
Fritzi nimmt ihre Lupe zur Hand und macht sich daran, das Werk ganz genau zu untersuchen. Die umstehenden Leute werden aufmerksam und schmunzeln: Es kommt nicht oft vor, dass sich ein junges Mädchen so

eingehend mit einem Gemälde beschäftigt. Die Ersten tuscheln und kichern. Aber Fritzi lässt sich nicht beirren. In aller Seelenruhe setzt sie ihre Prüfung fort.

Klara fotografiert die Freundin, wie sie so konzentriert arbeitet. Und sie zoomt ein ums andere Mal zu einem Detail im Bild: hier der Lichtschein unter der Tür, dort der flüchtende Schuh, da die Zimmertür mit der Nummer Zwölf.

»Huch, was ist denn das?«, fragt Klara irritiert, als sie den Türschlüssel groß vor ihrer Linse hat. »Guck mal, Fritzi. Schau dir mal den Türschlüssel genau an.«

Fritzi nimmt die Lupe und untersucht die Stelle. »Ja, und?« Sie blickt zu Klara, die auf der Bank vor dem Bild Platz genommen hat und in ihre alten Aufnahmen vertieft ist. Fritzi setzt sich neben die Freundin. »Was ist denn, Klara?«

»Ich hab's doch gewusst. Schau dir das mal an, Fritzi.« Und dann hält sie der Freundin eine Großaufnahme von dem Türschlüssel entgegen. »Das ist die Aufnahme, die ich gemacht habe, bevor das Bild restauriert wurde. Und jetzt vergleiche mal diese Bildstelle auf dem Foto mit der auf dem Bild an der Wand.«

Fritzi traut ihren Augen nicht. Tatsächlich. Da gibt es eine Veränderung. Sie ist so winzig, dass sie ihr normalerweise nie aufgefallen wäre. Und anderen wohl auch nicht. Aber mit Hilfe von Klaras Zoom-Aufnahmen ist sie sehr gut zu sehen: Bei dem restaurierten Bild erscheint die schwarze Nummer Zwölf auf dem Schlüsselanhänger, der in der Tür steckt, auf weißem Hintergrund. So wie sie auch an der Zimmertür auf weißem Hintergrund erscheint. Aber auf Klaras Foto, das ja das Original-Bild vor der Restaurierung zeigt, ist der Anhänger des Zimmerschlüssels gelb. Eindeutig. Chabaud hat die schwarze Zwölf auf einen gelben Hintergrund gemalt. Das belegen Klaras Fotos glasklar.

»Wahnsinn, Klara«, entfährt es Fritzi. »Du hast echt ein gutes Auge. Wahnsinn.« Sie spricht leise, sie möchte nicht, dass die anderen Besucher etwas bemerken.

»Meinst du, die haben sich beim Restaurieren mit der Farbe vertan?« Klara ist sich nicht sicher, wie sie ihre Entdeckung einordnen soll.

»Na ja, möglich wäre es«, entgegnet Fritzi zögernd. Sie schaut sich die Fotos erneut an. »Aber ehrlich, ich glaube nicht an einen Zufall.«

»Du musst aber nicht überall einen Krimi vermuten, der Krimiwettbewerb ist schließlich längst vorbei.« Klara will Fritzi necken, merkt aber sehr schnell, dass es der Freundin ernst ist. »Müssen wir nicht den Museumsdirektor informieren?«, fragt sie da vorsichtig.

»Nee, lieber noch nicht«, flüstert Fritzi. »Wir wissen ja noch gar nicht, was das alles bedeutet. Aber dieses

Bild hilft uns bei der Suche nach Sally. Ganz bestimmt. Und wenn wir das Geheimnis dieses Bildes herausfinden, dann führt uns das zu Sally. Das fühle ich.«

»Schaffen wir das auch wirklich allein?«, zweifelt Klara.

»Wir sind doch gar nicht allein, wir sind zu dritt, vergiss Bruno nicht. Aber diesen Fall lösen wir ohne die Erwachsenen«, entscheidet Fritzi selbstbewusst. Schließlich waren die bisher auch keine große Hilfe, denkt sie. »Und mit dir als Chefermittlerin kann doch nichts mehr schiefgehen.«

»Danke für die Beförderung. Und gut, dass ich die Kamera habe, so haben wir das Ganze im Bild festgehalten.« Klara ist richtig stolz auf ihre Entdeckung.

»Ja, schwarz auf weiß sozusagen«, freut sich auch Fritzi. »Oder sollte ich besser sagen: schwarz auf gelb? Komm, wir erzählen Bruno von unserer Entdeckung.« Und schon hat Fritzi ihr Handy gezückt und schickt ihm eine SMS.

Sie treffen sich bei Klara, die wie immer eine sturmfreie Bude hat. Bei Milchkaffee und Kakao bringen sie Bruno auf den neuesten Stand ihrer Ermittlungen.

»Glaubt ihr denn, im Museum hängt eine Fälschung?«, fasst Bruno die Erzählungen zusammen.

Fritzi und Klara zucken mit den Schultern.

»Das wissen wir in Wahrheit noch nicht genau. Es ist je-

denfalls ein anderes Bild«, erklärt Fritzi. »Ein Bild, auf dem der Schlüsselanhänger eine andere Farbe trägt.«
Und Klara ergänzt: »Das ist zwar nur eine klitzekleine Veränderung, aber wenn Restauratoren so genau arbeiten, wie uns der Mann von der Museumsaufsicht versichert hat, dann wirft eine andere Farbe echt Fragen auf.«
»Wisst ihr noch, wie der Restaurator hieß? Dann würde ich mich mal über ihn schlaumachen«, sagt Bruno.
»Äh, irgendwas mit K oder G oder so«, Klara erinnert sich nicht mehr richtig.
Aber Fritzi hat sich den Namen gemerkt: »Kleibich. Es war eine Frau und die heißt Kleibich, so hat es der Museums-Mann gesagt.«
»Okay, wenn Bruno der hinterherstöbert, suche ich mal ein paar Infos über unseren aktuellen Lieblingsmaler zusammen, den alten August, wie Ricardo sagt«, überlegt Klara. »Das kann ja nicht schaden.«
»Super. Vielleicht bekomme ich noch etwas über Sally raus«, verspricht Fritzi.
Da schauen Bruno und Klara sie zweifelnd an.

Bilder auf Bestellung

Sie haben sich in dieser Stadt eine neue Existenz aufgebaut. Sie haben alles darangesetzt, erstklassige Arbeit abzuliefern. Jedes Mal. Sie wollen die Besten sein. Unbedingt. Sie haben sich einen guten Ruf erworben. Und ganz viel Vertrauen.

Aber jetzt brauchen sie dringend Geld. Denn sie leben auf großem Fuß: Für sie ist das Teuerste gerade gut genug. Sie haben eine prachtvolle Dachwohnung mit eigenem Swimmingpool, ein dickes Auto mit Sitzheizung, goldene Uhren, wertvollen Schmuck. Das alles muss fi-

nanziert werden, und ihre Ersparnisse sind längst aufgebraucht.

»Hast du schon herausgefunden, wo sie sich versteckt hat?«, möchte die Frau wissen.

»Ich habe auf Frankreich getippt«, antwortet der Mann, der an seinem Computer sitzt und die Mails checkt. Ein neuer Auftrag ist hereingekommen. »Da war sie doch früher immer so gern. Ich habe ein paar Leute angerufen, die sollen die Augen offen halten. Wir werden sie finden, Hundertprozent sicher. Willst du den Auftrag erst mal selbst übernehmen? Er bringt einen Batzen Geld.«

»Hm«, sie nimmt einen Lappen zur Hand, tränkt ihn mit Terpentin und macht sich daran, den Rahmen eines Bildes zu reinigen. »Siehst du, überall sind kleine Spritzer. Das können wir doch keinem guten Gewissens anbieten. So schlecht arbeitet dein Oskar.«

»Smoky schreibt, wenn wir auch diesen Auftrag zu seiner Zufriedenheit erledigen, hat er gleich noch ein paar Folgeaufträge für uns.« Der Mann hat die Mail zu Ende gelesen und dreht sich zu seiner Frau. »Das Geld können wir gut gebrauchen. Die letzten Jahre sind nicht rosig gewesen.«

»Dein Lebensstil verschlingt eben einen Haufen Geld,« kommentiert sie, ohne ihre Säuberungsarbeit zu unterbrechen.

»Mein Lebensstil? Mein Lebensstil! Wer wollte denn die

teure Wohnung unbedingt kaufen? Ich oder du? Und wer hat denn drauf bestanden, dass wir mit einem Jaguar durch die Gegend fahren müssen und nur die teuersten Hotels gerade gut genug sind?«, empört sich der Kunsthändler.

»Wenn wir als Kunsthändler ernst genommen werden wollen, können wir wohl kaum in einem klapprigen Golf vorfahren! Und sollen wir die Sammler in einer Spelunke treffen?« Jetzt richtet sie sich auf, legt den Terpentin getränkten Lappen aus der Hand. »Kein Mensch würde uns auch nur einen Auftrag geben, wenn man nicht denken würde, dass wir richtig reich sind. Und erstklassig arbeiten natürlich. Wir handeln schließlich nicht mit Streichhölzern, sondern mit echten Kunstwerken.«

»Ist ja schon gut, reg dich nicht auf, ich wollte ja nur sagen, dass uns dieser Auftrag gerade recht kommt«, beschwichtigt der Mann seine aufgebrachte Frau.

»Und damit es nicht unser letzter Auftrag ist, werde ich ihn auch diesmal selber ausführen. Du kannst also zusagen, Schatz! Dann werde ich dem Museum klarmachen, dass das gute Stück restauriert werden muss. Und du finde endlich unsere meisterliche Mitarbeiterin. Auf Dauer können wir auf ihre Hilfe nicht verzichten.«

Ein gigantischer Gig

Fritzi entscheidet sich für das rote Kleid, das sie von Sally bekommen hat. Ja, das wird sie bei ihrem Auftritt im Schülercafé anziehen. Zufrieden dreht sie sich vor dem Badezimmerspiegel hin und her. Wo bleibt Klara? Sie wollte doch mit mir gemeinsam zum Konzert gehen? Fritzi schickt schnell eine SMS: *WZTSD? lg F – Wo zum Teufel steckst du? Liebe Grüße, Fritzi.* Kaum ist sie wieder in ihrem Zimmer, kommt prompt die Antwort: *BIGBEDI, dd K – Bin gleich bei dir, drück dich, Klara.*

Doch es dauert noch geschlagene zwanzig Minuten, bis Klara dann bei Fritzi klingelt.

»Wow, ein kleines Rotes. Du siehst toll aus!!!« Klara ist beeindruckt von Fritzis Kleid und zückt sofort ihre Digitalkamera, um ihre Freundin so kurz vor dem legendären Gig im Bild festzuhalten. »Bist du gar nicht aufgeregt? Schließlich ist das euer erster großer Auftritt außerhalb der Schule.«

»Ich bin total fertig. Und dann lässt du mich auch noch warten. Wo warst du so lange?« Fritzi geht aufgeregt auf und ab. Sie ist viel zu unruhig, um sich in ihren Lieblingsohrensessel zu fläzen. Außerdem möchte sie ihr Kleid nicht zerdrücken.

»Das hätte ich ja fast vergessen. Ich musste einen wichtigen Auftrag für Bruno erledigen. Er hat mir die Adresse der Kleibichs gesimst. Sie arbeiten als Restauratoren und Kunsthändler. Und jetzt halte dich fest!«, sagt Klara und zeigt Fritzi einige Fotos, die sie mit der Kamera aufgenommen hat.

»Das ist Kleibich?« Erstaunt stellt Fritzi fest, dass es sich dabei um den unsympathischen, bärtigen Mann handelt, den Bruno neulich fast mit seinem Fahrrad umgemäht hätte. Gemeinsam mit einer Frau trägt er Bilder aus einer Kunsthandlung zu seinem Auto.

»Dann wird das Frau Kleibich sein, oder?«

»Ganz sicher«, antwortet Klara.

»Kannst du das größer einstellen?« Ein Bild fesselt Fritzi besonders. »Deine Kamera ist echt der absolute Hit.«
»Ja, nicht? Da hatte meine Oma eine coole Idee.«
»Das ist doch das Hotelflur-Bild, jede Wette«, sagt Fritzi, die nun einen Bildausschnitt erkennen kann, der durch das klarsichtige Noppenpapier zu sehen ist.
»Exakt, Baby, genau deshalb hab ich auf den Auslöser gedrückt.« Klara packt die Kamera wieder in ihren Rucksack.
»Und das Foto hast du eben erst gemacht?«, fragt Fritzi.
»Exakt, Baby.«
»Huch, mach hier bloß nicht auf Babs«, kichert Fritzi.
»Also, wenn das Foto von heute ist, dann ist es der Beweis, dass es den *Hotelflur* zweimal gibt.«
»Exakt, Baby.«
»Und weißt du, was ich glaube? Das Original hängt nicht im Museum. Das Original hast du gerade fotografiert.«
Klara nickt. »Das könnte stimmen. Ich bin jedenfalls gespannt, was Bruno sagt, wenn ich ihm die Fotos maile.«
»Ich auch«, stimmt Fritzi zu. »Aber erst der Auftritt! Los, wir müssen uns beeilen.«

~ * ~

Als die beiden im *Café Crème* ankommen, ist es dort proppenvoll.

»Wahnsinn, und ich soll vor all denen auftreten? Ich glaub, mir wird schlecht.«

Besorgt schaut Klara ihre Freundin an, stellt aber dann fest, dass sie noch eine sehr gesunde Gesichtsfarbe hat.

»Toi, toi, toi, du machst das schon. Und ich such mir lieber ein gutes Plätzchen.«

Und mit einem zünftigen »Zicke Zacke Kinderkacke« verabschieden sich die Freundinnen. Während Klara in der Menge verschwindet, geht Fritzi zu »ihren Jungs« hinter die Bühne.

»Mensch, Fritzi, ein Spitzen-Bühnenoutfit«, Eddy schaut sie bewundernd an, und auch die beiden anderen nicken zustimmend.

»Danke. An die Arbeit, Jungs«, Fritzi packt »ihre« E-Gitarre aus. Zu Hause hat sie so lange darauf geübt, bis die Nachbarn sich über die Lautstärke beschwert haben. Die Bandmitglieder stimmen ihre Instrumente und spielen alle Songs kurz an.

»Na, dann Küken, Hals und Beinbruch«, muntert Bent, der Bassist, sie auf.

»Ich glaub, ich kann das doch nicht, vor so vielen fremden Leuten auftreten«, stöhnt Fritzi, der es plötzlich ganz heiß geworden ist. »Ich glaub, ich hab Fieber.«

»Sicher hast du Fieber. Lampenfieber nämlich«, stimmt

Bruno schmunzelnd zu. »Du glühst ja richtig. Aber das passt toll zu deinem Kleid.« Das Kompliment lenkt Fritzi ab, und sie betreten gemeinsam die Bühne. Damit Fritzi nicht mehr länger nachdenken kann, gibt Bruno einfach das Kommando: »Haut rein!«
Die Band legt los.
Bei den ersten Tönen klingt Fritzis Stimme noch ein wenig piepsig und unsicher. Aber schließlich gewinnt ihr Spaß an der Musik die Oberhand, die Nervosität ist wie weggeblasen. Ganz lässig bewegt sie sich auf der Bühne, als habe sie ihr ganzes Leben nichts anderes gemacht. Fritzis gute Laune wirkt geradezu ansteckend, so dass auch die anderen Bandmitglieder zur Höchstform auflaufen. *4ever* rockt den Saal.
Klara ist froh, dass sie an die Kamera gedacht hat. Sie drängelt sich durch die vielen Leute hindurch, die wie die Ölsardinen eng an eng stehen und inzwischen sogar zu tanzen begonnen haben. Endlich hat sie einen freien Blick auf die Bühne ergattert. Fritzi hebt sich in ihrem roten Kleid deutlich von den Jungs auf der Bühne ab. Das gibt tolle Fotos. Ach, wen haben wir denn da? Klara hat noch ein spannendes Motiv entdeckt. Da sind ja sogar Babs und Leo. Aber wo schaut Leo denn immer hin? Etwa auf die Bühne? Schnell macht sie noch ein Foto.
Das Publikum ist völlig aus dem Häuschen, dankt mit

Standing Ovations und erklatscht sich drei Zugaben. Vollkommen erschöpft, aber überglücklich liegen sich die Bandmitglieder anschließend in den Armen.
»Das war ein super Gig, Fritzi«, freut sich Eddy.
»Ihr wart auch nicht schlecht!«, gibt Fritzi das Lob überglücklich zurück.
»Habt ihr Lust, an einem der nächsten Samstage noch mal aufzutreten?«, fragt Bruno. »Der Café-Besitzer hat mich gerade angehaun. Er ist begeistert von uns und von der Stimmung hier.«
»Klar, das machen wir«, erklärt Bent. Und die anderen nicken zustimmend.

Fritzi allein zu Haus

Kalli hat seinen Skatabend. Jeden Freitag trifft er sich mit drei Freunden zum Kartenspielen. Da wird es in der Regel sehr spät, bis er wieder zu Hause ist. Fritzi hat sich die E-Gitarre genommen und improvisiert. Ihr gehen einige Textzeilen im Kopf herum, für die sie nach einer passenden Melodie sucht:
»Mistery raven don't fly away«, singt sie. »Mistery raven show me the way. Mistery raven please let me know – where I have to go, where I have to go.«
Sie holt den kleinen Raben, den sie wie einen Schutz-

engel seit ihrem elften Geburtstag bei sich trägt, aus ihrer Jeanstasche, mustert ihn und wiederholt: »Please let me know where I have to go.«

»Wenn du doch sprechen könntest, kleiner Rabe.« Fritzi seufzt, stellt ihre E-Gitarre ab und beschließt zu schauen, ob Klara *on* ist.

Sie geht in Kallis Arbeitszimmer, wo der Familiencomputer steht. Sie startet den Computer, muss allerdings etwas warten, bis der warmgelaufen ist.

»Alte Gurke«, schimpft Fritzi und setzt den kleinen Raben oben auf den Computer.

Oh, Kalli hat vergessen, seinen Schreibtisch abzuschließen, stellt sie fest, als sie sich gerade auf den Bürostuhl setzen will. Die linke Schreibtischtür ist leicht geöffnet.

Da Kalli oft vertrauliche Unterlagen vom Gericht mit nach Hause bringt, die er in seinem Schreibtisch verwahrt, ist der eigentlich immer abgeschlossen. Den Schlüssel trägt Kalli an seinem Schlüsselbund mit sich herum. Normalerweise. Aber heute steckt der Schlüssel.

Fritzi loggt sich ein und stellt fest, dass Klara nicht an ihrem Laptop sitzt. Bruno ist auch nicht *on*. Mist, wo sind die beiden?

Fritzi versucht, die geöffnete Schreibtischtür zu ignorieren. Aber lange gelingt ihr das nicht. Die Tür knarrt,

als Fritzi sie weiter aufstößt. Ängstlich dreht sie sich um. Doch da steht kein Kalli. Natürlich nicht. Er ist ja nicht zu Hause. Jetzt zieht sie die oberste Schublade heraus.
»Nur blöde Gerichtsakten«, sagt Fritzi und nimmt sich Schublade Nummer zwei vor. Darin hat Kalli alle Verträge verwahrt.
»Langweilig!«, kommentiert Fritzi und widmet sich schließlich der untersten Schublade. Da liegt zuoberst Kallis Abiturzeugnis.
»So gut ist es ja gar nicht, wie Kalli immer behauptet. Hach, in Mathe eine vier. Und in Bio auch. Du wirst doch noch mein Vorbild«, schmunzelt Fritzi.
Unter dem Zeugnis entdeckt sie einen Stapel mit Einladungskarten. Neugierig nimmt sie die oberste Karte heraus.
Sally Rabe und Karl-Ludwig Krüger möchten Sie ganz herzlich zu ihrer Hochzeit einladen. Um Antwort wird gebeten. Fritzi muss sich setzen.
»Wahnsinn. Jetzt verstehe ich, Rabe ist Sallys Mädchenname.« Dann schaut sich Fritzi das Datum für die Hochzeit noch mal genauer an. Im Sommer vor fast zehn Jahren sollte die Hochzeit sein. Da war Fritzi längst auf der Welt.
»Aber Kalli hat doch gesagt, Sally sei im Frühjahr abgehaun.« Fritzi haut sich mit der flachen Hand an die

Stirn: »Wahnsinn, sie haben gar nicht mehr geheiratet. Im Sommer war Sally schon weg. Dann heißt sie immer noch Rabe. Wahnsinn!«

~ * ~

Bruno hat den Geburtstag natürlich nicht vergessen. Mit einem Buch von Großvaters Lieblingskrimiautor unterm Arm klingelt er an dessen Wohnungstür. Aus dem Inneren der kleinen Wohnung dringt Gelächter und Gesang. Bruno grinst. Da sind wohl die sangesfreudigen Arbeitskollegen seines Großvaters wieder alle versammelt: Brunos Großvater arbeitet nämlich als Zugschaffner im Fernverkehr.
Großvater freut sich sehr über die spannende Lektüre und muss Bruno gar nicht mehr vorstellen. Man kennt sich schließlich seit Jahren von unzähligen Geburtstagsfeiern und etlichen Bahnreisen. Immer wenn Brunos Mutter nämlich als Krankenschwester Nachtschichten hat, kümmert sich sein Großvater um ihn. Und wann immer es passt, nimmt er Bruno mit auf Reisen.
Als ein weiterer Gast erscheint, traut Bruno seinen Augen nicht: Was macht denn dieser Verrückte hier? Der hätte ihn doch vor kurzem am liebsten verprügelt! Dabei hat er ihn noch nicht mal berührt, weder ihn, noch das Bild. Unauffällig verdrückt sich Bruno vom Wohn-

zimmer in die Küche. Es ist ihm bedeutend lieber, Kleibich bekommt ihn nicht zu Gesicht. Hoffentlich ist das nicht schon längst geschehen, wünscht sich Bruno. Gut, dass Klara ihm die Fotos von diesem Kunsthändler gemailt hat, sonst hätte er gar nicht gewusst, dass es Kleibich ist, mit dem er da vor kurzem aneinandergeraten ist.

»Woher kennst du den?«, fragt er seinen Großvater, als dieser aus der Küche frischen Kaffee holen will.

»Wen meinst du, Bruno?«

»Den Kunsthändler Kleibich! Der eben erst gekommen ist.« Bruno verfällt ganz automatisch in einen Flüsterton.

»Ach, den meinst du. Den kenne ich gar nicht richtig. Möchtest du ein Stück Käsekuchen, Bruno? Den habe ich selbst gebacken.« Und noch bevor er antworten kann, reicht der Großvater seinem Enkel einen Teller mit Kuchen darauf.

»Aber was will der denn hier?« Bruno hält den Teller in der Hand, probiert aber nicht.

»Schmeckt dir mein Kuchen nicht, Junge?«, fragt sein Großvater. »Der Kunsthändler? Der wollte mir zum Geburtstag gratulieren, und vielleicht will er mein Ölgemälde kaufen, sagt er.« Mit der gefüllten Kaffeekanne verschwindet sein Großvater wieder ins Wohnzimmer.

Welches Gemälde denn, grübelt Bruno, etwa den röhrenden Hirsch über dem Sofa?
Dann schiebt er sich das ganze Käsekuchenstück in den Mund.

~ * ~

Klara hat es sich an ihrem Laptop gemütlich gemacht. Auf ihrer Schreibplatte stehen ein Glas Kakao und ein Käsebrötchen. Ricardo ist noch unterwegs, so dass sie nicht auf ein warmes Abendessen hoffen kann.
Eines geht eben nur, denkt Klara, Freiheit oder Kartoffelsuppe. Wenn Paps und Mam erst zurück sind, wird wieder anständig gekocht, aber dann heißt es auch wieder: *Klara, geh bitte ins Bett, es ist schon halb neun.* Oder: *Klara, hast du deine Hausaufgaben gemacht?* Oder: *Klara, es wird nur am Tisch gegessen.* Nee, nee, denkt Klara, das ist schon ganz gut so mit Ricardo, und herzhaft beißt sie in ihr Brötchen.
So, jetzt wollen wir doch mal sehen, was wir über den alten August herausfinden können. Wie ihr großer Bruder mag Klara die Malerei sehr. Sie möchte aber immer auch wissen, welcher Mensch sich hinter den Bildern verbirgt: Ist er traurig oder glücklich? Welche Träume hat er?
Klara klickt sich im Internet durch die Seiten, die es

über den Maler gibt. Die meisten sind auf Französisch, und so fit ist sie in dieser Sprache noch nicht, dass sie das alles verstehen könnte.

»Aha, da ist endlich was auf Deutsch: Chabaud hat eine Zeitlang in Paris gelebt und da die Verlorenheit des Menschen in der Großstadt dargestellt«, liest Klara.

»So, so. Er hat also Menschen auf Bahnhöfen, in Straßenschluchten, im Restaurant und in Hotels gemalt. Tja, das mit den Hotels wissen wir schon. Da hat er die Menschen auch gern mal weggelassen«, kommentiert Klara. Und sie entdeckt, dass der Maler später in seine Heimat, die Provence, zurückkehrte und viele Landschaften malte.

»Er ist nicht sehr bekannt und gehörte zu keinem Malerkreis wirklich dazu. Er war ein gegen die Regeln rebellierender Außenseiter.« Das gefällt Klara sehr, jemand, der sich nicht einfach mit Bestehendem abfindet. Und einer, der seinen eigenen künstlerischen Weg geht.

»Cool, der war bestimmt auch ein Sturkopf. Mal sehen, ob meine Sturkopf-Freunde Fritzi und Bruno *on* sind.«

Hi, Fritzi. Habe Neuigkeiten.

Ich auch, antwortet Fritzi.

Und ich erst, schreibt Bruno.

Treffen?, fragt Klara.

Bei dir?, will Fritzi wissen.

Ok, in zehn Minuten bei Klara, entscheidet Bruno.

~ * ~

Als Fritzi sich auf ihr Fahrrad schwingt, hat sie das Gefühl, dass ihr ein Auto folgt. Doch als sie vor Klaras Haus ankommt, ist da niemand hinter ihr. Nur Brunos Fahrrad lehnt schon am Kastanienbaum. Unheimlich irgendwie, durchzuckt es sie, und sie beeilt sich, ihr Fahrrad anzuschließen.

Angeregt tauschen die drei Freunde am Küchentisch aus, was jeder für sich herausgefunden hat.

Klara berichtet, dass der Maler Chabaud einige Jahre in Paris gelebt hat. Sie ist fest davon überzeugt, dass er in der französischen Hauptstadt das Bild *Hotelflur* geschaffen hat – schließlich hat er dort zahlreiche Hotels gemalt. Sie hat auch herausgefunden, dass er seine Paris-Bilder oft in sehr wenigen, aber sehr kräftigen Farben gemalt und dann mit der Farbe Schwarz kombiniert hat. »So wie den rotschwarzen Hotelflur eben«, sagt Klara. »Das wirkt geheimnisvoll.«

»Und das Gelb?«, möchte Fritzi wissen. »Hast du dazu auch etwas gefunden?«

»Das hat er wohl auch oft benutzt, damit die Bilder weniger düster wirken.«

Fritzi klärt ihre Freunde darüber auf, warum sie von ihrer Mutter bisher überhaupt nichts im Internet finden konnten – sie haben schlicht unter dem falschen Namen gesucht: »Sie heißt gar nicht Krüger, sondern Rabe mit Nachnamen.«
»Na, da sind wir aber einen Meilenstein weiter mit unseren Ermittlungen«, freut sich Klara.
Geradezu mysteriös finden die drei, dass der Kunsthändler, dessen Frau das Chabaud-Bild restauriert hat, ausgerechnet auf dem Geburtstag von Brunos Großvater auftaucht.
»Was will er da?«, überlegt Fritzi.
»Mein Opa hat erzählt, er trifft diesen Mann auch auf anderen Geburtstagen. Alles alte Leute, zu denen mein Opa geht, Bekannte oder Freunde.«
»Und die sind mit diesem Kunsthändler befreundet?«, fragt Fritzi.
»Eben nicht. Das ist ja das Merkwürdige. Die kennen den eigentlich gar nicht«, sagt Bruno.
»Ja, aber woher weiß der dann, dass die Geburtstag haben?«, wundert sich Klara.
»Das sind oft runde Geburtstage, die stehen in der Zeitung, sagt mein Opa. So wie der Geburtstag meines Opas auch. Und dann taucht dieser Kleibich mit irgendwelchem alten Tand als Geschenk auf den Geburtstagsfeiern auf«, erzählt Bruno weiter.

»Und was macht er dann auf den Geburtstagen?«, will Fritzi wissen. »Schwatzt er ihnen ein Bild auf?«
Auf dieses Stichwort hat Bruno nur gewartet: »Genau das Gegenteil passiert: Er schwatzt den Leuten ihre Bilder ab.«
»Er kauft deren wertvolle Bilder für wenig Geld?«, fragt Klara.
»Nein, er kauft irgendwelche wertlosen Schinken. Und das macht er jedes Mal. Heute hat er es auch geschafft, ein Ölbild von meinem Opa zu ergattern.«
»Ist ja komisch. Was will er denn mit alten Bildern, wenn die nichts wert sind?« Fritzi kann sich keinen Reim auf die Geschichte machen.
»Ist doch klar: Er hat es nicht auf die Bilder, sondern auf die alten Leinwände abgesehen.« Die drei haben Ricardo gar nicht hereinkommen hören. Sie blicken erstaunt auf, als er sich zu ihnen an den Tisch setzt. Warum der sich wohl so anschleichen muss?
»Auf die Leinwände?«
»Alte Leinwände sind zum Beispiel bei Kunstfälschern sehr begehrt«, erläutert Ricardo. »Wenn du verhindern willst, dass deine Fälschung gleich auffliegt, dann solltest du dir unbedingt Leinwände beschaffen, die in der Zeit benutzt wurden, in der der Maler, den du kopieren willst, gelebt hat.«
»Gut, wenn du leere Leinwände erwischst, verstehe ich

das. Aber was wollen die mit Leinwänden, auf denen schon ein Bild drauf ist – wie bei Brunos Opa?« Fritzi kann sich nicht vorstellen, welchen Sinn das machen soll.

»Die werden einfach übermalt«, stellt Ricardo klar.

»Sieht man das denn nicht?«, fragt Fritzi.

»Nicht, wenn es gut gemacht ist. Und schon gar nicht mit dem bloßen Auge«, sagt Ricardo.

»Das heißt mit anderen Worten: Die Kleibichs sind tatsächlich Kunstfälscher«, kombiniert Klara.

Aber Bruno warnt vor vorschnellen Schlüssen. »Das ist nicht gesagt. Nur weil jemand alte Bilder übermalt, ist er noch lange kein Kunstfälscher. Vielleicht ist er nur sehr sparsam oder kann sich keine neuen Leinwände leisten.«

Klara und Fritzi schauen Bruno mitleidig an. Wie naiv kann man sein, denken sie.

»Okay, okay, ich glaube ja auch, dass an eurer Theorie was dran ist. Aber bisher habe ich einfach nichts in dieser Richtung über Kleibichs im Internet gefunden. In den Artikeln über sie steht nur, dass sie einen Kunsthandel und eine sehr angesehene Restaurationswerkstatt betreiben. Und dass sie einen prima Ruf haben. Offiziell sind die sauber.«

»Vielleicht stimmt der Name ja auch nicht«, überlegt Klara.

»Mensch, Klara. Da könnte was dran sein«, sagt Fritzi. »Aber wie finden wir das bloß raus?«

»Ich werde mir noch mal die Fotos vornehmen, die du vom Ehepaar Kleibich gemacht hast, Klara«, verspricht Bruno. »Ich habe da eine Idee …«

Fritzi schaut auf die Uhr. »Huch, es ist schon nach neun. Ich muss unbedingt vor Kalli zu Hause sein.«

Sie verabschiedet sich, und Fritzi bricht gemeinsam mit Bruno auf. Sie radeln ein Stück zusammen durchs nächtliche Frankfurt, am Mainufer entlang, über den Eisernen Steg, bevor sich ihre Wege trennen.

Als Fritzi gerade den Schlüssel in die Haustür gesteckt hat, macht eine Person einen Schritt aus der Dunkelheit auf sie zu. Fritzi zuckt zusammen und lässt vor Schreck ihren Rucksack fallen. Die Person, deren Gesicht im Halbdunkel nicht zu erkennen ist, bückt sich schneller als Fritzi und hält ihr den Rucksack hin.

»Ist deine Mutter zu Hause?«

»Nein. Wer sind Sie?« Mit einem schnellen Handgriff schnappt Fritzi ihren Rucksack und stößt die Tür auf.

»Ein Freund deiner Mutter. Wo ist sie?«

»Weiß nicht«, antwortet Fritzi, bevor sie dem Fremden die Tür geistesgegenwärtig vor der Nase zuschlägt.

Sie rennt die Treppen hoch, schließt die Wohnungstür in einem Affenzahn auf und schlägt sie gleich wieder hinter sich zu. Zweimal schließt sie ab. Und lässt sich dann direkt hinter der Wohnungstür zu Boden sinken.

In Sicherheit, atmet sie auf, ich bin in Sicherheit. Doch sogleich droht ihr Herz fast erneut stehen zu bleiben, als ein Schatten auf sie fällt.

»Wo kommst du um diese nachtschlafende Stunde her, Fritzi?«

Als Kalli von seinem Kartenabend nach Hause kam, hatte er wie immer zuerst einen Blick in das Zimmer seiner Tochter geworfen. Doch das Bett war unberührt. Weder im Wohnzimmer noch am Computer war Fritzi zu finden. Kalli bekam einen Riesenschreck und griff sofort zum Telefon. Er hoffte, dass seine Tochter bei ihrer Freundin sei. Von Klara erfuhr er dann, dass Fritzi auf dem Nachhauseweg sein musste.

Eigentlich wollte er ihr eine Strafpredigt halten, schließlich darf sie um diese späte Uhrzeit nicht allein unterwegs sein. Aber als er seine Tochter so verschreckt vor sich sieht, ahnt Kalli, dass irgendetwas passiert sein muss. »Ist alles in Ordnung, Fritzi?«

»Mich hat vor dem Haus ein Typ angesprochen«, erzählt sie. Erst jetzt merkt sie, dass sie am ganzen Körper zittert.

Kalli setzt sich neben Fritzi auf den Boden und streicht ihr behutsam über den Rücken.

»Was für ein Typ?« Kalli ist plötzlich ganz unruhig. Er macht sich Vorwürfe, dass er seine Tochter zu oft allein lässt. Aber eigentlich hat er ihr auch das Versprechen abgenommen, dass sie immer vor Einbruch der Dunkelheit zu Hause ist.

»Ich weiß nicht, er stand im Dunkeln, ich hab nur seine Stimme gehört«, sagt Fritzi und schmiegt sich an ihren Vater.

»Und was wollte er?«, fragt Kalli weiter.

»Er wollte wissen, ob meine Mutter zu Hause ist«, antwortet Fritzi.

»Mehr hat er nicht gesagt?«

Fritzi schüttelt den Kopf.

»Und er hat nicht gesagt, wer er ist?«

Fritzi schüttelt erneut den Kopf.

»Kam er dir bekannt vor?«

Fritzi verneint.

»Kannst du ihn beschreiben?«

»Ich hab ja nichts von ihm gesehen.«

»Hör mal, Fritzi. Ich möchte nicht, dass du abends so spät allein durch die Gegend stiefelst. Verstanden?«

Fritzi nickt schuldbewusst, als sie in Kallis sorgenvolles Gesicht blickt.

»Was hast du denn eigentlich noch bei Klara gemacht? Du wolltest doch zu Hause bleiben.«

»Ach, wir mussten noch was besprechen, für die

Schule«, Fritzi kreuzt schnell ihre Finger hinter ihrem Rücken.
»Und das ging nicht am Telefon?« Kalli schaut seine Tochter skeptisch an. Fritzi weicht seinem prüfenden Richterblick lieber aus.
»Euer Treffen hatte nicht zufällig damit zu tun, dass du wieder etwas über deine Mutter herausfinden wolltest?«
»Nö, hatte es nicht.« Fritzi merkt selber, dass sie nicht wirklich überzeugend klingt.
»Die Geschichte mit deiner Mutter damals, die war nicht ungefährlich. Also, lass die Finger davon. Ein für alle Mal.« Mit Schaudern erinnert sich Kalli an die unsympathischen »Freunde« von Sally damals. Seine Richternase hatte die Gefahr gewittert, die von ihnen ausging.
»Okay, Kalli.« Fritzi hat gar nicht so viele Finger, wie sie gerade hinter ihrem Rücken kreuzen möchte. Aber sie ist zu müde, um zu widersprechen.
Sie ist auch zu müde, um nachzufragen, was denn damals gefährlich war.
Sie will nur noch in ihr Bett.

Auf der Spur der Fälscher

Auf dem Schulweg berichtet Fritzi ihrer besten Freundin von dem unheimlichen nächtlichen Vorfall. Klara, die ohnehin etwas vorsichtiger durchs Leben geht als Fritzi, macht sich ernsthafte Sorgen.

»Meinst du, das hat mit unserer Detektivarbeit zu tun?«, fragt sie. Ob ich wohl noch aussteigen kann, überlegt sie insgeheim. Den Gedanken verwirft sie aber gleich wieder. Sie kann doch ihre allerbeste Freundin jetzt nicht im Stich lassen, wo sie nach so langer Zeit endlich dabei ist, etwas über ihre Mutter zu erfahren.

»Weiß nicht«, antwortet Fritzi. Ihr steckt der Schreck noch in den Knochen. »Jedenfalls wollte dieser Typ unbedingt wissen, wo Sally ist.«

»Typ? Ich denke, du hast ihn nicht gesehen?«, wundert sich Klara.

»Ja, aber seine Stimme war ganz klar die eines Mannes. Und irgendwie hat sie mich an was erinnert.«

»Woran?«

»Wenn ich das nur wüsste …«

Bruno wartet am Schultor auf die beiden. Er hat die halbe Nacht am Computer zugebracht und aufregende Dinge zutage gefördert.

»Stellt euch vor, mit Hilfe von Klaras Fotos habe ich entdeckt, dass unser Kunsthändler und seine Frau schon früher in der Kunstszene sehr aktiv waren.«

»Das ist ja nicht so überraschend, warum sollen sie nicht schon länger als Kunsthändler gearbeitet haben«, wirft Fritzi ein.

»Findest du es auch normal, dass sie das in einer anderen Stadt unter einem ganz anderen Namen taten?« Bruno ist echt stolz auf seine Recherche.

»Das überrascht mich jetzt doch«, gibt Fritzi zu.

»Und findest du es normal, dass sie damals in einen Kunstskandal verwickelt waren?« Bruno schaut Fritzi fragend an.

»Echt? Wie hast du das herausgefunden?«

»Betriebsgeheimnis! Und weißt du, welcher Name da noch auftaucht?« Bruno wartet Fritzis Antwort gar nicht ab. »Sally Rabe.«
Diese Enthüllung bringt Fritzi völlig durcheinander. Sie kann keinen klaren Gedanken fassen. Ihre Mutter soll in einen Kunstskandal verwickelt sein? Ihre Sally? Sie soll was Unrechtes getan haben? *Es ist etwas so Schlimmes passiert, dass mir keine andere Möglichkeit blieb, als zu gehen.* Das hat Sally ihr geschrieben. Soll das Schlimme der Kunstskandal sein? Fritzi schüttelt sich innerlich. Nein, das will sie nicht glauben. Das kann sie nicht glauben. Bruno muss da etwas durcheinandergebracht haben. Genau, so wird es sein: ein Missverständnis.
Fritzi will Bruno gerade danach fragen, als Leo den Schulhof betritt und schnurstracks auf die drei zukommt.
»Hi, Fritzi, ich wollte dir nur sagen, dass das ein toller Gig war im *Café Crème*. Wenn du mal Lust hast auf einen Kaffee, sag Bescheid.«
Fritzi hat ganz vergessen, wie toll sie Leos Lächeln findet und seine kleinen Grübchen. Er ist voll süß, denkt sie und merkt, wie ihr die Röte ins Gesicht steigt.
Doch noch bevor sie den Mut zu einer Antwort findet, taucht Babs direkt hinter Leo auf. Sie muss seine Worte gehört haben. Auch wenn sie innerlich wahrscheinlich

vor Wut brodelt wie ein kleiner Vulkan, lässt sie sich nichts anmerken. Sie knipst ihr allerliebstes Lächeln an. »Hi, allerseits. Ach, little Copymouse, wie geht's? Neuen Krimi abgekupfert?« Babs, die Fritzi dank ihrer neuen Plateauschuhe um einen ganzen Kopf überragt, schaut missbilligend an ihrer Klassenkameradin herab. Sie selber scheint sich gerade wieder mit neuen Klamotten eingedeckt zu haben: Statt eines lässigen Schulrucksacks wie die anderen trägt sie eine übergroße Handtasche über dem linken Arm; in der Hand hält sie einen Becher voller Milchkaffee. Eine pinkfarbene hautenge Stretch-Satinhose und ein edler grüner Baumwollpullover machen Babs wieder mal zu einer auffälligen Gesamterscheinung. Sie nimmt einen Schluck aus ihrem Kaffeebecher, ohne die Musterung von Fritzis Klamotten zu unterbrechen.

»Copymouse, Copymouse, du brauchst eine Grundrenovierung. Ich hab da mal einen heißen Tipp: Mit Dad war ich gerade in Mailand. Während er nach teuren Bildern suchte, bin ich mal richtig shoppen gegangen. Das geht da super.« Mit diesen Worten hakt sie sich bei Leo unter und will sich abwenden. Dabei knickt sie leicht mit einem ihrer Plateauschuhe um, gerät ins Stolpern und kippt den Inhalt ihres Kaffeebechers komplett über Fritzi aus. Babs fängt sich sofort wieder.

»Oh, sorry, Copymouse. Das tut mir jetzt aber wirklich leid«, entschuldigt sie sich. »Wenigstens war der Kaffee nicht mehr heiß.«
»Mein Gott, Babs, kannst du nicht aufpassen«, schimpft Leo als Erster. Doch da wird er schon von Babs weitergezogen.
»Das hat sie doch voll mit Absicht gemacht.« Entsetzt schaut Fritzi an sich runter. Ihr weißes T-Shirt ziert ein riesiger brauner Fleck, auch ihre Jeans wurde in Mitleidenschaft gezogen.
»Sie hat sogar kurz gelächelt. Das war auf keinen Fall ein Unfall«, stimmt Klara der Freundin zu.
»Was mache ich denn jetzt? So kann ich doch nicht rumlaufen!«
Da erweist sich Bruno als wahrer Gentleman: »Du kannst mein Sport-T-Shirt haben. Das brauche ich nicht so dringend.« Dankbar nimmt Fritzi Brunos Shirt entgegen und flitzt schnell auf die Schultoilette, um sich umzuziehen.
Als ihr wieder einfällt, was Bruno vorhin erzählt hat und dass sie da noch einiges wissen muss, klingelt es zur ersten Stunde.

Klara hat die Faxen dicke

Den ganzen Vormittag über kann sich Klara kaum auf den Unterricht konzentrieren. Sie findet es hundsgemein, wie Babs sich gegenüber Fritzi verhalten hat.

Ich habe es nicht vergessen, dass sie sich Fritzis wohlverdienten Preis erschummelt hat. Und das Kaffeeattentat eben hat das Fass zum Überlaufen gebracht. Die hat endlich eine Lektion verdient, sinniert Klara. Fast hätte sie die Frage von Herrn Schygulla, dem Deutschlehrer, überhört.

»Wer kann mir denn einen spannenden Anfang für einen Krimi sagen?« Als sich keiner der Schüler und Schülerinnen rührt, fährt er fort. »Überlegt doch mal, wie muss eine Geschichte aufgebaut sein, damit sie euch in ihren Bann zieht!«

Immer noch meldet sich niemand. Da hebt Klara ihren Finger. Herr Schygulla lächelt erfreut.

»Ja, bitte, Klara. Du hast also eine Idee?«

»Babs hat doch solch eine tolle Krimigeschichte geschrieben, Herr Schygulla, ich würde sie so gern einmal hören«, lächelt Klara honigsüß. »Von ihr können wir doch bestimmt viel lernen.«

Klara versucht, nicht zu Fritzi rüberzuschauen, die neben ihr sitzt. Unterm Tisch bekommt sie einen kumpelhaften Fußtritt. *Lass mich nur machen*, schreibt Klara mit Bleistift auf das weiße Blatt, das vor ihr liegt.

»Das ist eine sehr gute Idee, Klara«, freut sich Herr Schygulla. »Dass ich da nicht selber drauf gekommen bin. Du hast doch sogar einen Preis gewonnen, oder, Babs?«

Klara dreht sich langsam zu Babs um und versucht, ihre Mimik in den Griff zu bekommen. Sie darf jetzt auf keinen Fall lächeln. Pokerface, Klara, ruft sie sich im Stillen zu. Und laut sagt sie: »Babs hat den ersten Preis gewonnen, Herr Schygulla. Sie hat die beste Geschichte abgeliefert.«

»Ja, Mensch, Babs, meinen herzlichen Glückwunsch. Dann lass uns mal hören, wie ein guter Krimi geht«, fordert Herr Schygulla sie auf.
Babs ist komplett überrumpelt. Anstatt zu flunkern und zu sagen, dass sie die Geschichte gar nicht dabei hat, fühlt sie sich durch das Kompliment ihres Deutschlehrers so geschmeichelt, dass sie ohne lange zu überlegen ihr iPhone herausholt.
»Ich habe aber nur die Kopie bei mir. Das Original hängt in einem Rahmen bei mir zu Hause«, erklärt sie nassforsch. Dann beginnt sie vorzulesen.
»Das ist ja toll geschrieben«, kommentiert Klara, als Babs die ersten Abschnitte gelesen hat. »Aber weißt du, was bestimmt noch toller ist?«
Babs, die sich über das Lob von Klara freut – das ihr doch eigentlich gar nicht gebührt –, schüttelt den Kopf.
»Wenn eine dunkle Stimme diesen Superkrimi vorliest, eine tiefe dunkle Stimme, wie die von Herrn Schygulla.«
Und ohne dass Babs überhaupt nur eine Gelegenheit bekommt zu protestieren, zieht Klara ihr das iPhone aus der Hand und hält es Herrn Schygulla hin. Der nimmt es und liest die Geschichte interessiert weiter. Als er zu Ende gelesen hat, applaudieren die Schüler spontan. Sie finden die Bilderkrimigeschichte klasse. Babs lächelt zufrieden und hofft insgeheim auf eine

gute Note dafür in Deutsch. Warum soll ich nicht zweimal absahnen, freut sie sich.

Da blickt Herr Schygulla sie an, schaut wieder auf den Bildschirm des iPhones und sagt: »Das war eine Geschichte von Fritzi Krüger.« Es ist mucksmäuschenstill in der Klasse. »So steht es hier. Unter dem Text: *von Fritzi Krüger*. Kannst du mir das erklären, Babs?«

Babs schüttelt den Kopf. »Das muss ein Irrtum sein. Das ist meine Geschichte. Ich habe den ersten Preis damit gewonnen. Das hat die Zeitung mir bestätigt.«

Klara sieht, wie Babs kleine hektische rote Flecken bekommt. Das passiert ihr immer, wenn sie sich unter Druck fühlt, das hat Klara schon mal beobachtet. Normalerweise gibt Babs ja die Obercoole, aber wenn sie im Unterricht etwas nicht weiß, wird sie schnell nervös. Erst breiten sich die roten Flecken im Gesicht aus, anschließend überziehen sie den Hals. Jetzt sieht sie ein bisschen wie ein Streuselkuchen aus, stellt Klara befriedigt fest.

»Und wie kommt die Geschichte auf dein iPhone?«, fragt Herr Schygulla.

»Ich habe meinen Text fotografiert, damit ich ihn ständig bei mir tragen kann.«

»Du unterschreibst deinen Text mit Fritzi Krüger?«, fragt Herr Schygulla streng und wartet die Antwort nicht ab. »Das ist Betrug!«

»Ich weiß wirklich nicht, wie der Name da drunterkommt«, rechtfertigt sich Babs fast verzweifelt.
»Vielleicht kann ich dir auf die Sprünge helfen«, setzt Klara an. »Das ist nämlich wirklich ganz genau Fritzis Text, das weiß ich: Ich war nämlich Zeugin, als sie ihn geschrieben hat. Und du hast diesen Text vor der Biostunde fotografiert, als wir unsere Sachen holen waren.« Erdbeerkuchen, inzwischen sieht sie aus wie ein Erdbeerstreuselkuchen, findet Klara. Das ist nicht sehr vorteilhaft.
Babs merkt, wie ihr die Felle davonschwimmen. Es hat keinen Sinn, länger zu leugnen, denn schließlich hält Herr Schygulla den Beweis für ihre Lügengeschichte in der Hand. Ihr iPhone. Herr Schygulla fordert sie auf, sich sofort bei Fritzi zu entschuldigen.
»Tut mir leid, Fritzi«, murmelt Babs kleinlaut. Sie sitzt nun wie ein Häufchen Elend auf ihrem Platz.
»Schon okay, Copymouse«, entgegnet Fritzi, die heilfroh ist, dass nun endlich klar ist, wer hier die Betrügerin ist.
»So, Babs, und jetzt wirst du direkt bei der Zeitung anrufen. Das kannst du vom Schulsekretariat aus machen«, erklärt Herr Schygulla. Gemeinsam verlassen die beiden den Klassenraum.
»Zicke, zacke …«, beginnt Fritzi und lacht.
»... Kinderkacke«, vervollständigt Klara fröhlich.

Die beiden werden sofort von den anderen Schülern umringt, die begierig sind zu erfahren, wie sich die ganze Geschichte wirklich zugetragen hat.

Aufträge über Aufträge

Die Geschäfte der Kunsthändler laufen glänzend. Sie bekommen so viele Aufträge herein, dass sie die ersten bereits ablehnen müssen.

»Wir müssen sie finden. Die Bilder, die richtig viel Geld bringen, können wir sonst nicht liefern. Oskar ist nicht gut genug, und ich bin es auch nicht«, erklärt die Kunsthändlerin.

»Übrigens, dein Oskar wollte aussteigen. Ich musste ihm klarmachen, dass das keine gute Idee ist«, berichtet der Mann und reibt sich seine Fingerknöchel. Dann gießt er

sich eine Tasse Kaffee ein. »Aber ich hatte einige schlagkräftige Argumente, die ihn davon überzeugt haben, dass er doch nicht einfach auf das Geld verzichten kann.« Es ist manchmal nicht unpraktisch, denkt der Mann, wenn man Erfahrungen im Boxring sammeln konnte. Als Jugendlicher hat er sich vom Fliegengewicht bis zum Mittelgewicht durchgeboxt. Diese Erfahrung hilft ihm heute im Umgang mit Leuten, die nicht spuren.

»Kluges Köpfchen, dieser Oskar«, kommentiert die Frau. »Und was hast du in Bezug auf unsere meisterliche Mitarbeiterin rausgefunden? Die Kleine scheint ja wirklich nicht zu wissen, wo sie ist. Ich vermute, sie ist damals ins Ausland gegangen.«

»Genau das haben mir meine Spione heute auch mitgeteilt. Und deshalb fahre ich am Wochenende weg.«

»Darf ich erfahren, wohin?«

»Ich sage es dir, wenn es erfolgreich war. Vertrau mir.«

Kunstfälscherin Sally?

Gleich am nächsten Tag hat Babs Fritzi das Preisgeld wortlos überreicht. Fritzi ist damit direkt in ein Musikgeschäft gestiefelt und hat sich eine grüne E-Gitarre sowie einen Verstärker ausgesucht. Jetzt sitzt sie mit Bruno in ihrem Zimmer. Sie wollen für ihren nächsten Auftritt noch einen Song schreiben und komponieren. Doch Fritzi hat noch anderes auf dem Herzen. Seit Babs Kaffeeattentat auf sie hat sie nicht mehr unter vier Augen mit Bruno sprechen können.

»Wie war das eigentlich mit dem Kunstskandal damals, Bruno? Welche Rolle hat Sally gespielt? Ich kann mir einfach nicht vorstellen, dass sie etwas Schlimmes getan hat.«

»Was Sally wirklich gemacht hat, steht nicht fest. Es ging um einen riesigen Kunstfälschungsskandal. In einem Museum wurde ein Picasso als Fälschung entlarvt. In Verdacht gerieten damals die Restauratoren, die das Bild zum Bearbeiten mit in ihre Werkstatt genommen hatten. Und das waren unsere supersympathischen …«

»… Kleibichs, die damals aber noch nicht Kleibich hießen«, ergänzt Fritzi, die sich erinnert, dass Bruno auf dem Schulhof etwas von einem falschen Namen gesagt hat.

»Bingo. Damals hießen sie Sperling.«

»Und Sally?«

»Sie hat mit den Kleibichs alias Sperlings zusammengearbeitet. Nun haben die Kleibichs-Sperlings behauptet, Sally habe das Museum betrogen, und Sally hat behauptet, es waren die Kleibichs.«

»Aussage gegen Aussage.«

»Genau.«

»Wie hast du das rausgefunden?«

»Betriebsgeheimnis«, antwortet Bruno ausweichend. »Jedenfalls konnte man niemandem etwas beweisen, es

kam zu keinem Prozess, und alle Beteiligten sind danach in der Versenkung verschwunden.«
»Wahnsinn«, kommentiert Fritzi. »Jetzt sind die Sperling-Kleibichs wiederaufgetaucht. Aber wie finden wir Sally?«
»Ich habe vorhin mit Klara gechattet. Sie meint, wir müssten unbedingt in Paris nach Sally suchen«, erzählt Bruno.
»Wieso Paris?«
»Na, weil doch Chabaud da eine Weile gelebt hat, sagt Klara. Und war nicht Chabaud Sallys Lieblingsmaler?«
»Ja, das hat Kalli erzählt«, erinnert sich Fritzi. »Aber Paris ist groß, wo sollen wir denn da bloß nach Sally suchen?« Sie schlägt ein paar Akkorde auf ihrer E-Gitarre.
»Mistery raven, show me the way«, singt sie. Plötzlich hat sie eine Idee: »Wir müssen das Hotel finden, das Chabaud auf dem Bild gemalt hat.«
»Genial, Fritzi. Das ist die Lösung«, stimmt Bruno zu. »Aber wo könnte das sein? Paris hat wahnsinnig viele Hotels.«
»Bestimmt in einem Künstlerviertel, so was gibt es doch in jeder Stadt. Wir müssen herausfinden, wo Chabauds Wohnung lag. Das weiß Klara, ganz sicher«, sagt Fritzi. »Aber wie kommen wir nach Paris?«

»Das ist leichter als du denkst«, freut sich Bruno. »Mit meinem Opa, der ist doch Schaffner und fährt die Strecke regelmäßig.«

»Wow, das läuft ja wie geschmiert.«

»Hau rein, Fritzi, lass uns noch an dem Song arbeiten.« Bruno hat seine kleine Schlagzeugtrommel dabei und gibt den Rhythmus vor. Fritzi greift in die Saiten, den Verstärker hat sie auf volle Lautstärke gestellt.

»Es ist mein Weg – ich geh ihn allein
Mein Weg – red mir nicht rein!
Es ist mein Weg – ich weiß, was ich will!
… äh, jetzt weiß ich nicht wirklich weiter«, sagt Fritzi und singt den Anfang noch einmal.

Ärger mit Kalli

Sie haben das Klopfen an der Tür nicht gehört. Als die geräuschvoll aufgerissen wird, schauen sie erstaunt auf. Kalli ist früher als geplant nach Hause gekommen. Mit Befremden betrachtet er erst die neue Gitarre und dann Bruno. »Liebe Fritzi, hättest du die Freundlichkeit, mir deinen Besuch vorzustellen.« Sein Tonfall signalisiert, dass mit ihm nicht gut Kirschen essen ist.
»Das ist Bruno, er spielt mit in unserer Schulband«, kommt Fritzi seiner Aufforderung nach. Bruno erhebt sich und nickt Kalli mit einem knappen »Hallo« zu.

»Guten Tag, Bruno. Was machst du hier bei meiner Tochter?« Kallis Laune wird immer schlechter. Bruno schaut irritiert zu Fritzi.
»Äh, wir wollen noch zusammen einen neuen Song für unseren nächsten Gig schreiben«, erklärt er freimütig.
»Und woher hast du die neue Gitarre?«, wendet sich Kalli jetzt Fritzi zu.
»Ich habe den ersten Preis in einem Krimiwettbewerb gewonnen. Toll, nicht? Und das Geld ist genau hier.« Mit diesen Worten hält Fritzi ihre neue Gitarre freudestrahlend in die Luft.
»Bruno, würdest du mich bitte mit meiner Tochter allein lassen?«
So direkt ist Bruno noch nie hinausgeworfen worden. Er schnappt sich seine Schlagzeugtrommel, verabschiedet sich von Fritzi und verlässt die Wohnung.
»Auch wenn es dein eigenes Geld ist, das du für die Gitarre ausgegeben hast, hättest du mich fragen müssen. Ich möchte nicht, dass du nur noch deine Musik im Kopf hast. Du bist sowieso schon ständig mit Proben beschäftigt, und jetzt kommen immer mehr Auftritte hinzu. Du bist fast jeden Samstag unterwegs. Das gefällt mir nicht.« Kalli redet sich richtig in Fahrt.
»Du kannst mir doch nicht einfach verbieten, Musik zu machen!«, empört sich Fritzi, die die ganze Aufregung nicht recht verstehen kann.

»Und was sind das eigentlich für Jungs in deiner Band? Sind die alle älter als du?«
»Ja, aber nicht viel. Wieso? Ist das etwa schlimm?«
Kalli geht gar nicht auf die Gegenfrage ein. »Ich möchte, dass du die Samstage wieder mit mir verbringst, verstanden? Sonst haben wir gar keine gemeinsame Zeit mehr.«
»Aber du bist es doch, der in den letzten Wochen immer mehr arbeitet. Wieso soll ich denn jetzt auf meine Musik verzichten? Das ist einfach gemein. Das ist mein Leben!«
»Samstag bleibst du zu Hause, basta!« Nach diesem Machtwort zieht sich Kalli in sein Arbeitszimmer zurück.
Fritzi weiß nicht, wohin mit ihrer Wut. Sie nimmt ihre E-Gitarre, dreht den Verstärker wieder auf volle Pulle und spielt die ersten Akkorde. Und plötzlich hat sie eine Idee für die letzte Zeile vom Refrain. Sie singt:
»Es ist mein Weg – ich geh ihn allein
Mein Weg – red mir nicht rein!
Es ist mein Weg – ich weiß, was ich will!
Mein Weg – sei endlich still!«

Radfahrer undercover

Lässig stehen sie an ihre Fahrräder gelehnt. Die dunklen Sonnenbrillen verbergen ihre Gesichter. Es hat den Anschein, als hätten sie sich hier zufällig getroffen. Aber das täuscht. Sie lassen die Kunsthandlung nicht aus den Augen. *Klick, klick, klick.* Klara hat Kleibich sofort entdeckt, als er aus der Tür heraustritt. Er verstaut ein verpacktes Bild im Kofferraum seines Wagens. Ein weiteres legt er vorsichtig auf die Rückbank.

»Achtung, Klara, er steigt ein«, sagt Bruno und

schwingt sich auf sein Rad. Klara steckt die Digikamera in ihre Jackentasche und folgt ihrem Freund. Sie heften sich an Kleibichs Auto.
Bruno und Klara haben sich zu dieser Beschattungsaktion verabredet. »Vielleicht führt er uns zu einem seiner Kunden«, hofft Bruno. Sie wollen unbedingt herausfinden, an wen Kleibich die Bilder verkauft.
Fritzi ist ausnahmsweise zu Hause geblieben. Nach dem letzten Streit mit Kalli möchte sie ihn nicht noch mehr verärgern. »Das Letzte, was ich jetzt gebrauchen kann, ist Hausarrest«, erklärt sie. »Kommt ihr ohne mich klar?«
»Vielleicht ist es sogar ganz gut, wenn du bei dieser Aktion nicht dabei bist«, tröstet sie Klara. »Deine roten Haare fallen schon von weitem auf.«
Kleibich fährt die Friedberger Landstraße entlang und biegt in die Koselstraße ein. Plötzlich hält er an. Bruno und Klara haben einige Mühe, mit dem Tempo des Wagens mitzuhalten. Als sie das parkende Auto fast erreicht haben, sehen sie, wie Kleibich mit zwei Baguette-Broten unter dem Arm aus einer Bäckerei heraustritt. Kaum, dass die beiden Radfahrer einmal durchschnaufen konnten, setzt Kleibich seine Fahrt fort.
»Mensch, Bruno, das ist ganz schön hart, wo will der denn bloß hin?«, stöhnt Klara, die fest in die Pedale tritt.

»Er fährt die Eckenheimer Landstraße runter«, ruft Bruno ihr zu, der zwei Radlängen Vorsprung hat. Über die Eschenheimer Anlage und die Alte Gasse geht es Richtung Altstadt. Kleibich parkt erneut.
»Lass dir Zeit, Klara, ich hab ihn im Blick.« Bruno schafft es tatsächlich, an Kleibich dranzubleiben. Er beobachtet, wie der Kunsthändler in einem Weingeschäft verschwindet und kurz darauf mit einem Karton zu seinem Auto zurückgeht.
»Lange mache ich das nicht mehr mit«, ruft Klara, die Bruno inzwischen erreicht hat.
»Aber irgendwann muss er die Bilder doch abliefern«, sagt Bruno, dem die Schweißtropfen auf der Stirn stehen.
»Okay, letzte Chance«, entscheidet Klara, als Kleibich den Wagen startet.
Sie landen schließlich vor der Kleinmarkthalle und müssen mit ansehen, wie Kleibich mit zwei prallvollen Einkaufstüten wieder herauskommt.
»Mist«, schimpft Klara. »Unsere Beschattungsaktion ist gründlich schiefgegangen. Ich kann jedenfalls nicht mehr.«
»Ich auch nicht«, stimmt Bruno zu. »Diese alten Methoden bringen es einfach nicht mehr.« Enttäuscht brechen die beiden ihre Undercover-Operation ab.
Kleibich packt seine Papiertüten ins Auto und setzt

sich hinters Steuer. Er blickt in den Rückspiegel und schmunzelt, als er die beiden davonradeln sieht. Kinder, denkt er abschätzig. Was wollen die eigentlich? Er beschließt, seiner Frau lieber nichts von dem Vorfall zu erzählen. Sie sieht dann nur gleich wieder überall Gespenster.

Klara und Bruno haben beschlossen, einen Abstecher zum Mainufer zu machen. Vielleicht können sie irgendwo ein Eis essen. Zum Trost. Ihr Weg führt sie am Städel vorbei. Sie lassen den Haupteingang am Schaumainkai links liegen und biegen in die Holbeinstraße ein. Da sehen sie, wie eine Frau ein Nebengebäude des Museums verlässt. Sie trägt ein großes Paket, das sie im Kofferraum eines Autos verstaut. Sie blickt sich nach allen Seiten um, dann steigt sie ein. Der Fahrer gibt Gas. Keiner von ihnen hat diesmal die jugendlichen Radfahrer bemerkt.

Auf nach Paris

Es ist ausgerechnet Kalli, der sein Versprechen nicht halten kann, den Samstag mit Fritzi zu verbringen. Ein neuer Gerichtsprozess macht es erforderlich, dass er zur Vorbereitung das ganze Wochenende in seinem Büro verbringen muss. Fritzi zeigt großzügig Verständnis.

»Nicht so schlimm, Kalli, das kann ja mal passieren.«

»Na ja, dabei habe ich dir doch zugesagt, dass wir heute etwas gemeinsam unternehmen wollen«, gibt sich Kalli kleinlaut. Es ist ihm zuwider, wenn er wortbrüchig werden muss.

»Ich gehe einfach zu Klara. Und wenn du nichts dagegen hast, schlafe ich auch bei ihr. Dann kannst du ohne schlechtes Gewissen bis in die Nacht arbeiten.«

»Einverstanden, liebe Fritzi. Das ist mir sogar sehr recht, denn dann bist du nicht den ganzen Tag allein. Und nächstes Wochenende bin ich wieder für dich da«, verspricht Kalli.

Er ist froh, dass Fritzi so verständnisvoll reagiert. Dass seine verständnisvolle Tochter längst mit ihren Freunden feste Pläne für das Wochenende geschmiedet hat, ahnt er nicht.

~ * ~

»Einsteigen, bitte. Die Türen schließen selbsttätig und Vorsicht bei der Abfahrt«, ruft Brunos Großvater. Die Türen des ICE nach Paris gehen automatisch zu. Fröhlich und aufgeregt gehen die drei Freunde in Richtung Speisewagen.

»Mein Opa hat gesagt, wir sollen uns ruhig ein Frühstück bestellen. Er lädt uns ein«, erklärt Bruno.

»Das ist supernett. Ich habe jetzt echt Hunger«, sagt Klara. Sie ist mit Fritzi, die bei ihr übernachtet hat, um fünf Uhr aufgestanden, damit sie den Sechs-Uhr-

Zug ab Frankfurt Hauptbahnhof auch ja erwischen. Im Treppenhaus begegnen sie Ricardo, der gerade erst nach Haus kommt. »Sind heute Abend spät zurück«, wirft ihm Klara noch zu. Aber sie ist nicht sicher, ob ihn das wirklich interessiert.

Bei frischen Croissants und warmem Kakao überlegen die drei nun, wie sie in Paris am besten vorgehen sollen. Bruno ist nicht zum ersten Mal in der französischen Hauptstadt, er war schon öfter mit seinem Opa da. Die beiden haben die Wochenenddienste von Brunos Mutter für Städtereisen genutzt. Und eines ihrer Lieblingsziele war Paris. Dort haben sie sich im Disneyland amüsiert oder sind in den Louvre gegangen, um die Mona Lisa von Leonardo da Vinci anzuschauen.

»Deine Idee, Fritzi, in einem Künstlerviertel zu schauen, ist gar nicht schlecht«, sagt Bruno.

»Früher haben die Künstler rund um den Montmartre gewohnt, das habe ich schon herausgefunden. Picasso, van Gogh, Matisse, sie wohnten alle da.« Klara klappt ihren Laptop auf, den hat sie sicherheitshalber mitgenommen. »Und auch Chabaud lebte dort und hatte sein Atelier in der Rue Muller.«

Gemeinsam schauen sie, welche Hotels es in diesem Künstlerviertel gibt. Sie klicken sich auf die Homepages der verschiedenen Hotels und schauen sich die Einrichtung und die Preise genau an. Drei schaffen es in die engere Auswahl, das sind allesamt Hotels, die sehr nobel und sehr alt sind. Sie alle liegen in der Nähe der Rue Muller. Die wollen sie nacheinander abklappern.

»Vielleicht finden wir da eine Spur von Sally«, hofft Fritzi. »Es wäre zu schön, wenn wir endlich herausbekommen, wo sie sich aufhält. Und wenn wir dann noch beweisen könnten, dass sie damals unschuldig war …«

»Dazu müssten wir allerdings die Kleibichs überführen«, gibt Bruno zu bedenken. »Unsere Spionage-Aktion neulich hat uns ja nicht zu den Kunden geführt.«

»Vielleicht gibt es ja noch einen anderen Weg, etwas über deren Kunden herauszufinden.« Fritzi lässt sich nicht so schnell unterkriegen und muntert auch Bruno und Klara mit ihrem Optimismus auf.

»Immerhin haben wir mit eigenen Augen gesehen, dass Frau Kleibich ein großes Paket im Auto ihres Mannes verstaut hat«, freut sich Bruno. »Und es ist doch kein Zufall, dass sie dazu auch noch aus den Werkstätten des Städel kam. Da hat sie wieder ein Bild rausgeschmuggelt, jede Wette.«

»Exakt«, stimmt Klara zu. »Und es ist doch wahrscheinlich, dass die Kleibichs immer so vorgehen, wie sie es mit dem *Hotelflur* getan haben.«

»Wie meinst du das?«, fragt Fritzi.
»Frau Kleibich hat vom Museum den Auftrag bekommen, das Bild zu restaurieren. In deren Werkstatt.«
Fritzi nickt. Genauso hat es der Mann von der Museumsaufsicht gesagt.
»Sie muss dabei heimlich eine Kopie angefertigt haben. Denn im Museum hängt nun ein anderes Bild als vor der Restaurierung. Das haben wir schließlich hiermit festgehalten.« Dabei schwenkt Klara ihre Digikamera hin und her.
»Wir *glauben*, dass das eine Fälschung ist. Weil plötzlich auf dem Bild der Schlüsselanhänger anders aussieht als vor der Restaurierung«, präzisiert Fritzi ihre Ermittlungsergebnisse.
»Haben sie die Fälschung etwa auf die Leinwand gemalt, die sie meinem Opa abgeschwatzt haben?«, fragt Bruno entsetzt.
»Nee, nee, als dein Opa Geburtstag hatte, hing das Bild schon wieder«, beruhigt ihn Fritzi. »Aber wenn tatsächlich im Museum eine Fälschung hängt, wo bitte schön ist dann das Original?«
»Das Original verkaufen sie bestimmt für teures Geld«, kombiniert Klara.
»Da ist was dran. Denn mit den alten Werken lässt sich ordentlich verdienen«, führt Fritzi den Gedanken fort. »Ich habe mal geguckt, was die Bilder al-

ter Künstler wert sind: Millionen, sage ich euch. Millionen.«

»Wahnsinn. Das ist dann ein richtig gutes Geschäft für die Kleibichs.« Klara staunt nicht schlecht.

»Aber warum ist ihnen der Fehler mit dem Gelb unterlaufen?«, überlegt Fritzi. »Wenn das doch so tolle Künstler sind.«

»Tja, da kann man sich doch mal vertun, schließlich ist die Zimmernummer wirklich auf weißem Hintergrund«, sagt Klara.

»Und warum hat das Museum noch nichts gemerkt?«, wundert sich Bruno.

»Die haben das Bild nicht genau untersucht. Die vertrauen den Kleibichs einfach«, entgegnet Fritzi. »Bleibt die Frage: Wie überführen wir dieses Kunstfälscherpaar?«

Klara klappt ihren Laptop wieder zu. Und schaut Bruno und Fritzi triumphierend an. »Wir müssen sie mit ihren eigenen Mitteln schlagen. Und dazu müssen wir unbedingt wissen, an wen sie die Bilder verkaufen und vor allem, wie sie mit diesen Interessenten in Kontakt treten. Und dann …«

»… und dann?«, fragt Fritzi.

»Dann bestellen wir auch ein Bild bei den Kleibichs«, schmunzelt Klara.

»Wow!« Fritzi und Bruno staunen nicht schlecht.

Fritzi überlegt: »Wenn wir nur einen Blick in ihren Computer werfen könnten …«
»Das sollte wirklich kein Problem sein«, sagt Bruno. »Wenn wir wieder in Frankfurt sind, lege ich ein paar Nachtsitzungen an meinem PC ein.«
»Aber jetzt erst Mal: Paris!«, freut sich Fritzi, als der Zug in den Gare du Nord einfährt.

Aufregung im Hotel

Brunos Großvater, der auf den Flohmärkten stöbern möchte, glaubt, dass sein Enkel mit seinen Freundinnen ins Museum geht. Am späten Nachmittag wollen sie sich am Bahnhof treffen, um nach Frankfurt zurückzufahren.

Praktischerweise läuft man vom Gare du Nord nur wenige Minuten bis zum Künstlerviertel Montmartre. Bruno übernimmt die Führung. Noch im Speisewagen hat er Googlemap angeschaut und eine kleine Skizze mit den Straßen angefertigt, die sie entlanggehen müssen. »An der nächsten Ecke links«, dirigiert er die Freundinnen. »Und da wieder rechts.« Sie laufen und laufen und landen schließlich am Gare de l'Est, am Ostbahnhof.

»Wann sind wir denn endlich da?«, nörgelt Klara. »Ich denke, es ist nicht weit.«

»Nee, ist es auch eigentlich nicht«, stimmt Bruno zu und schaut verwirrt auf seinen Plan. »Aber warum sind wir denn nun am Gare de l'Est? Der ist hier gar nicht drauf.«

Fritzi nimmt sich Brunos Plan, schaut irritiert auf die Straßenschilder und vergleicht sie mit Brunos Skizze: »Oh, Bruno, wir sind in die falsche Richtung gelaufen. Du hast den Plan falsch herum gehalten. Wir hätten am Boulevard de Magenta nach rechts biegen müssen. Also, Freunde, alles auf Anfang.«

»Oh, nö«, stöhnt Klara.

»Shit!«, schimpft auch Bruno. Aber es hilft ja nichts, sie müssen den Weg zurück. Schließlich erreichen die drei Freunde die Rue Muller, in der Auguste Chabaud Anfang des 20. Jahrhunderts sein Atelier hatte.

In den ersten beiden Hotels, die sie in der Nähe dieser Straße ausfindig gemacht haben, haben nie Maler verkehrt, wie ihnen die Männer an der Rezeption glaubhaft versichern.

Aber als sie das dritte Hotel, das sich sinnigerweise

auch *Künstlerhotel* nennt, betreten, haben sie den Eindruck, als seien sie schon mal hier gewesen. Die Tapeten, das Mobiliar, die Leuchter – alles ist antik und sehr geschmackvoll und sehr teuer.

»Wahnsinn«, entfährt es Fritzi, als sie durch die schmale Eingangstür treten. »Hier liegen die gleichen roten Teppiche wie auf dem Chabaud-Bild.«

»Ja, und schau mal, sie werden von den gleichen goldenen Stangen festgehalten«, staunt Klara und zeigt auf die Treppe.

Fritzi entdeckt ein eingerahmtes Foto an der Wand: Da hängt ein Porträt des Malers Auguste Chabaud. Und neben ihm posiert Picasso und daneben van Gogh. Hier sind sie goldrichtig.

»Vous désirez?«, empfängt sie die Dame an der Rezeption. »Was wünscht ihr?«

»Äh, we are looking for Sally Rabe.« Fritzi weicht lieber ins Englische aus. Französisch hat sie noch nicht lange in der Schule. »Wir suchen Sally Rabe.«

Die Dame schaut in ihren Computer und schüttelt den Kopf. Es gibt keine Madame Rabe. Fritzi versucht zu erklären, dass es auch schon ein paar Jahre her sein kann, dass sie mal hier gewohnt hat. Die Dame sucht tatsächlich auch in den älteren Reservierungsdaten nach Fritzis Mutter. Aber nichts.

»Do you have the number of the room she prefered?«,

fragt die Französin. »Habt ihr zufällig die Nummer des Zimmers, in dem sie gern war?«

Fritzi stupst Klara an. »Wie war noch mal die Zimmernummer auf dem Bild? Ich hab's vergessen.« Klara schüttelt den Kopf, sie weiß sie auch nicht mehr.

»Mensch, Klara, das Foto!«, fällt es Fritzi plötzlich ein. Und tatsächlich, als Klara ihre Digikamera anmacht, entdecken sie auf dem Foto ganz klar die Nummer Zwölf an der Hoteltür.

»Number twelve«, sagt Fritzi erleichtert.

Jetzt wird die Rezeptionsdame in den älteren Reservierungen fündig. Sally Rabe hat immer mal wieder einige Tage in diesem Hotel zugebracht. Sie war über Jahre ein Stammgast. Aber jetzt sei sie schon lange nicht mehr dagewesen, erklärt die Französin. Bestimmt zehn Jahre. Als Fritzi sie fragt, ob sie eine Adresse von Sally habe, schüttelt die Rezeptionsdame bedauernd den Kopf.

Ob sie vielleicht das Zimmer mal anschauen dürften, möchte Fritzi wissen. Da die Nummer Zwölf gerade nicht belegt ist, hat die Rezeptionsdame nichts dagegen.

»Voilà la clé de la chambre Chabaud«, sagt sie geheimnisvoll und wechselt wieder ins Französische.

»Die Schlüssel zum Chabaud-Zimmer?« Fritzi glaubt, sie habe sich verhört.

Im ersten Stock sieht es tatsächlich aus wie auf dem Bild *Hotelflur*. Schmale Gänge, auf denen rotschwarze Läufer liegen, die Wände sind rot gestrichen, die Zimmertüren schwarz. Die drei Freunde beschleicht ein Gefühl der Enge.

»Gibt's hier auch einen Fluchtweg?«, orakelt Bruno.

»Nee, hier kommt man nur über die eine Treppe wieder raus«, erklärt Klara. »Oder gar nicht.«

»Geht schon mal vor, ich habe noch etwas vergessen«, fällt es Fritzi ein, und sie drückt Klara kurzerhand den Schlüssel in die Hand. »Bin gleich wieder da.«

Als sie wenige Minuten später das Zimmer Nummer Zwölf betritt, wird Fritzis Blick zunächst von einem riesigen französischen Bett angezogen. Mittendrin liegt Klara ausgestreckt auf der Decke.

»Hi, Fritzi, das ist voll gemütlich und superweich. Hier bleibe ich für die nächsten Wochen.«

Fritzi schaut sich fasziniert um. Sie überlegt, ob sich die Blümchentapete wohl auch in ihrem Zimmer gutmachen würde. Dann fällt ihr Blick auf ein Bild an der Wand. Bruno sieht es im gleichen Moment.

»Krass.«

Da hängt an der Wand das *Hotelflur*-Bild.

»Meint ihr, das ist das Original aus dem Museum?«, fragt Klara, die das kuschelige Bett früher als geplant wieder verlässt, um sich das Bild näher anzuschauen.

Ganz automatisch zückt sie ihre Digikamera und macht die ersten Aufnahmen.

»Das kann nicht das Original sein«, behauptet Fritzi rigoros. »Wer hängt schon so teure Bilder in Hotelzimmer, wo sie jederzeit geklaut werden können.« Das hat sie mittlerweile herausgefunden, dass Originalbilder entweder in Museen hängen oder bei reichen Sammlern.

»Wie sieht denn der Schlüsselanhänger aus?«, möchte Bruno wissen und schaut prüfend auf das Bild.

»Gelb, wie im Original eben«, sagt Klara, die mit ihrer Kamera seinem Blick folgt und munter drauflosknipst.

Plötzlich öffnet sich die Tür, und ein bärtiger Mann tritt ein. Erschreckt zucken Klara, Fritzi und Bruno, die ganz in die Betrachtung des Bildes vertieft sind, zusammen.

»Was habt ihr hier zu suchen?«, raunzt der Mann sie auf Deutsch an. Auch er hat nicht damit gerechnet, dass Kinder in dem Hotelzimmer sein könnten. Er hat gehofft, eine andere Person hier anzutreffen. »Euch kenne ich doch!« Sallys Tochter mit ihren Radfahrer-Freunden ausgerechnet hier, überlegt Kleibich blitzschnell, dass kann kein Zufall sein.

»Wir schauen uns nur das Zimmer an«, stottert Klara, die keinen Zweifel daran hat, bei wem es sich um den

unfreundlichen Bärtigen handelt: Auweia, das ist Kleibich, denkt sie.
»Ihr seid doch nicht zufällig hier, ausgerechnet im Zimmer Nummer Zwölf.« Drohend tritt er auf Fritzi zu. »Was spioniert ihr hier rum?«
»Äh, wir, wir …«, Fritzi will und will keine vernünftige Erklärung einfallen. Stattdessen laufen ihr kalte Schauer über den Rücken. Diese Stimme…
»Ihr sucht nach Sally, hab ich recht?«
Fritzi geht automatisch rückwärts, bis sie an der Zimmerwand angelangt ist. Da streckt der Kunsthändler seine rechte Hand aus, Fritzi durchzuckt eine Erinnerung. Dieser Ring mit dem Totenkopf darauf, den habe ich schon mal gesehen.
Kleibich packt Fritzis Arm. Er drückt fest zu.
»Aua, Sie tun mir weh!«, schreit Fritzi.
»Wo ist deine Mutter? Los, raus mit der Sprache!« Der Kunsthändler denkt gar nicht daran, seinen Griff zu lockern. Im Gegenteil.
Das ist zu viel für Bruno. Er nimmt Anlauf und stürzt sich auf Kleibich. Als habe der auch hinten Augen, streckt er reaktionsschnell seine linke Hand aus und hält sich Bruno mit ausgestrecktem Arm vom Leib. Mit der rechten Hand hält er Fritzi weiter in Schach.
Woher hat der Mann diese Kräfte, fragt sich Bruno,

der den Eindruck gewinnt, Kleibichs Arme seien aus Stahl.
»Wo ist sie?« Kleibich kommt so nah an Fritzi ran, dass sie seinen Atem spüren kann.
»Ich weiß es nicht«, stöhnt sie. »Ich weiß es wirklich nicht.«
»Lassen sie Fritzi sofort los!«, ruft nun Klara. Sie sucht verzweifelt nach einem harten Gegenstand.
»Wenn du dich nicht sofort hinsetzt, muss ich deiner Freundin leider noch mehr wehtun.«
Klara lässt sich widerspruchslos aufs Bett sinken. Dieser Brutalo meint das bitterernst, ist sie sich sicher. Sie beginnt zu zittern.
»Hör mir gut zu, wenn ich herausfinde, dass du mich angelogen hast, bist du fällig. Ich finde dich. Überall. Glaub mir.«
Der Kunsthändler lässt Fritzis Arm abrupt los und donnert Bruno, der unaufhörlich versucht, Kleibich mit Fußtritten zu treffen, gegen die Wand. Bruno sackt zusammen. Fritzi und Klara stürzen auf ihren Freund zu.
»Ist alles in Ordnung mit dir? Sag doch was, Bruno!«
Sie hören, wie die Zimmertür geschlossen wird.
»Der Spuk ist endlich vorüber.« Fritzi atmet tief durch. Ihr ist richtig übel vor Angst.
Da hört sie, wie der Schlüssel umgedreht wird.

Sie sind eingeschlossen.
»Mist«, stöhnt Bruno. Er reibt sich den Hinterkopf und schaut auf seine Hand.
»Du blutest!«, ruft Klara und rennt ins Bad, um ein feuchtes Tuch zu holen.
»Halb so schlimm«, sagt Bruno und ist schon wieder auf den Beinen.
»Der Typ ist ja supergefährlich.« Vorsichtig tupft Klara seine Wunde sauber.
Bruno, der den bärtigen Kunsthändler noch widerwärtiger fand als bei seiner ersten Auseinandersetzung mit ihm, genießt das sehr. Klara ist echt süß, denkt er. Dieser Gedanke lässt ihn wenigstens vorübergehend den Schrecken vergessen, den Kleibich ihm eingejagt hat.
»Das ist alles meine Schuld«, jammert Fritzi. »Ich hab euch in Gefahr gebracht.«
»Rede keinen Unsinn. Das ist unser gemeinsames Abenteuer. Und eins hat diese Begegnung gezeigt: Es wird allerhöchste Zeit, dass wir denen das Handwerk legen.« Bruno versucht, ruhig und gelassen zu klingen.
»Jetzt müssen wir erst mal hier rauskommen.« Klara hämmert gegen die Tür. »Aufmachen, Hilfe!« Aber das scheint niemand zu hören. »Wie kommen wir hier bloß wieder raus?«

»Dieses Paris-Abenteuer bringt uns nichts als Ärger«, schimpft Fritzi.
»Quatsch«, widerspricht Bruno. »Jetzt wissen wir wenigstens, dass Sally hier war. Vielleicht hält sie sich ja sogar in Frankreich auf.«
Klara schaut sich verzweifelt im Zimmer um. »Gibt es hier etwa nicht einmal ein Telefon?« Sie hat so gehofft, die Dame von der Rezeption anrufen zu können, damit diese endlich die Tür öffnet.
»Nee, das ist doch das Hotel, das damit geworben hat, dass es eine Oase der Ruhe und Besinnung sei«, erinnert sich Bruno. »Hier gibt es weder Telefon noch Internet-Anschluss noch Fernsehen. Jedenfalls nicht auf den Zimmern. Das stand doch auf der Homepage.«
»Oh, nee!«, Klara sinkt erneut aufs Bett. »Das muss ich übersehen haben.« Keiner der drei Freunde kommt auch nur auf den Gedanken, das eigene Handy zu benutzen. So sehr hat sie die Begegnung mit Kleibich aus der Bahn geworfen.
Fritzi steht am Fenster und schaut hinaus. Ich muss uns hier rausbringen, überlegt sie fieberhaft, meinetwegen sind Bruno und Klara in Gefahr gewesen. Ich muss was tun, sonst werde ich noch verrückt. Hm, sehr hoch ist das nicht, schätzt sie, das könnte klappen.
Direkt unter dem Fenster ist der Heizkörper montiert.

»Wir wissen noch etwas«, nimmt sie Brunos Gedankengang wieder auf, zieht mit einem Ruck das Bettlaken vom Bett und beginnt, es mit den Überdecken zusammenzuknoten.
»Kleibich war es, der mich neulich nachts bedroht hat. Ich habe seine Stimme wiedererkannt. Und den Totenkopf auf dem Ring an seinem Finger.«
»Kleibich sucht also auch nach Sally. Das ist mal klar«, sagt Klara. Langsam geht es ihr besser. »Dann haben Kleibichs und Sally keinen Kontakt mehr. – Was machst du da eigentlich, Fritzi?«
»Ich möchte verhindern, dass wir unseren Zug verpassen. Ich hoffe, ihr könnt gut klettern.«
Fritzi öffnet das Fenster, das zum Garten hinausgeht, knotet das Bettlaken-Decken-Seil am Heizungsrohr fest und lässt es hinausbaumeln.
»Ich geh dann mal vor.« Behände wie ein Affe klettert sie an der Seilkonstruktion hinunter.
Bruno hängt sich Klaras Laptop um und schafft den Abstieg genauso mühelos.
»Wozu trainierte Schlagzeugerarme doch gut sind«, freut er sich, als er wieder festen Grund unter den Schuhen hat. Ihm ist immer noch flau im Magen, aber er will sich das nicht anmerken lassen.
Schließlich folgt Klara. Sie flucht leise, denn in ihrem Hängerkleid ist sie nicht wirklich angemessen für eine

Kletterpartie angezogen. Nur gut, dass sie im Sportunterricht regelmäßig Seilklettern üben. Nie wieder wird sie darüber meckern, nimmt sie sich vor.
Sie schaffen es gerade noch rechtzeitig, den Gare du Nord zu erreichen.
»Na, wie war es im Louvre?«, fragt Brunos Großvater. »Habt ihr das Lächeln der Mona Lisa genossen?«
»Wir haben eher in die Fratze des Bösen geblickt«, erklärt Bruno geheimnisvoll.
Sein Großvater ist irritiert, er weiß nicht genau, welches Gemälde sein Enkel meinen könnte. Dann entdeckt er Brunos Verletzung.
»Sag mal, Junge, was ist denn mit dir passiert?«
»Nicht der Rede wert, Opa. Ich musste mich leider mit jemandem prügeln, der Fritzi dumm angemacht hat.«
Bruno findet, dass seine Erklärung der Wahrheit sehr nahe kommt.
»Junge, Junge, das ist ja geradezu heldenhaft. Alle Achtung. Hat der andere auch was abbekommen?«
»Dem habe ich die Nase poliert«, flunkert Bruno. »Der kann von Glück sagen, dass die nicht gebrochen ist.«
»So, so«, sagt sein Großvater.

Eine schlaflose Nacht

Zum ersten Mal ist Klara richtig froh, dass Ricardo zu Hause ist, als sie von ihrem Paris-Abenteuer zurückkehrt. Sie setzt sich zu ihm auf die Wohnzimmercouch und kuschelt sich an ihn.
»Alles okay, Schwesterchen?«, fragt Ricardo. »Du bist ein bisschen blass um die Nase.«
»In Paris hat uns dieser Kunsthändler Kleibich bedroht«, platzt es aus Klara heraus. Und als Ricardo sie fragend anblickt, berichtet sie ihm von den jüngsten Vorfällen. Dabei fließen ihr Tränen über die Wangen.

Ihr großer Bruder, der sonst eher cool und locker wirkt, scheint ehrlich besorgt. Er reicht ihr ein Taschentuch und streicht ihr über die Haare. Klara schnäuzt sich geräuschvoll. Dann steht Ricardo auf, geht in die Küche und kommt mit einem warmen Kakao für seine Schwester zurück. »Ihr dürft diesen Kleibich nicht unterschätzen. Da geht es um viel Kohle, deshalb wird der so unangenehm«, vermutet Ricardo. »Vielleicht solltet ihr die Aktion abbrechen.«

»Aber dann finden wir Sally nie. Und wir haben doch schon so viel herausgefunden«, Klara spricht weniger zu Ricardo als zu sich selbst, um sich Mut zu machen.

»Dann versucht wenigstens, ihm nicht mehr direkt in die Quere zu kommen«, rät Ricardo.

»Darauf kannst du dich verlassen«, verspricht Klara. »Absolut!«

~ * ~

Fritzi wirft das Kirschkernkissen in die Mikrowelle. Sie braucht jetzt Wärme. Sie ist froh, dass Kalli noch im Büro ist und sie so nicht sieht. Sie fühlt sich plötzlich gar nicht mehr so stark. Wie konnte sie nur so naiv an die Suche nach Sally herangehen? Sie hätte sich doch denken müssen, dass das nicht ungefährlich ist. Die Begegnung in der Dunkelheit hätte sie aufwecken müssen. Kalli hat sie auch gewarnt: *Die Geschichte mit deiner Mutter damals, die war nicht ungefährlich. Also, lass die Finger davon.*

Aber was hat sie getan? Sie hat sogar noch ihre besten Freunde in Gefahr gebracht. Fritzi öffnet die Mikrowellenklappe und nimmt das warme Kirschkernkissen heraus.

»Mensch, Sally, was kennst du nur für miese Typen«, sagt Fritzi und schluckt bei dem Gedanken an das Pariser Hotelzimmer Nummer Zwölf und die schmerzhafte Begegnung mit Kleibich. Sie schiebt den Ärmel ihres T-Shirts hoch und stellt fest, dass sein Klammergriff blaue Flecken hinterlassen hat.

Seufzend geht sie in ihr Zimmer und legt sich unter die Bettdecke, das Kirschkernkissen hat sie fest an sich gedrückt. Sie grübelt noch lange, ob ihre Suchaktion längst zu gefährlich geworden ist.

~ * ~

»Lassen Sie mich los, lassen sie mich sofort los!« Bruno ist allein mit Kleibich in dessen Kunsthandlung. Der hält ihn im Schwitzkasten und schreit ihn an, dass er genug habe von all den Schnüffeleien. Er quetscht Brunos Brustkorb, dass dieser vor Schmerz aufschreit.

Wo um alles in der Welt sind Fritzi und Klara? Warum helfen sie mir denn nicht?
Unter Einsatz all seiner Kräfte versucht Bruno, sich aus der Umklammerung zu befreien. Aber sosehr er sich auch anstrengt, Kleibich gibt keinen Millimeter nach.
»Hilfe«, ruft Bruno. »Hilfe!«
»Du kannst schreien, so viel du nur willst«, lacht Kleibich. »Hier hört dich keiner.« Und noch einmal verstärkt er den Druck seiner Arme, die wie ein Schraubstock wirken.
»Loslassen!«, ruft Bruno.
»Bruno, wach auf, was ist denn?« Besorgt beugt sich Brunos Mutter über das Bett ihres Sohnes. »Du bist ja ganz durchgeschwitzt. Du wirst mir doch wohl nicht krank werden?« Sie fühlt seine Stirn. »Nein, die ist kalt, Fieber hast du nicht. Alles in Ordnung?«
»Ja, ja, alles okay, Mum. Ich habe nur schlecht geträumt«, entgegnet Bruno. »Das war nur ein Albtraum.«

Ein Köder wird ausgelegt

Ich habe sehr schlecht geschlafen«, beginnt Fritzi, als sie mit ihren Freunden an Klaras Küchentisch sitzt. »Wir dürfen diesem Kleibich nicht noch einmal begegnen.«

»Darauf lege ich auch keinen gesteigerten Wert«, sagt Bruno und streicht sich mit der Hand über seine Haare. Die Wunde spürt er immer noch. Bruno hat seinen Laptop mitgebracht und schaltet ihn gleich ein.

»Sollen wir wirklich alleine weitermachen? Ich weiß ja nicht. Wäre es nicht besser, wenn wir uns an die Polizei wenden? Mit diesen Typen ist doch echt nicht zu spaßen. Der hat dich nachts bedroht, Fritzi. Und dann hat er uns alle drei im Hotel in Schach gehalten.« Bei Klara wirkt das Paris-Abenteuer nach. Noch nie in ihrem Leben hatte sie so schreckliche Angst.

»Aber wenn wir jetzt aufgeben, dann war alles umsonst«, wirft Fritzi ein. »Und wir haben doch schon so viel rausgekriegt: Wir wissen, dass Kleibichs schon mal in einen Kunstfälscher-Skandal verwickelt waren und möglicherweise wieder fälschen. Wir wissen, dass Sally sie früher kannte, und dass Kleibich nach ihr sucht.«

»Fritzi hat recht. Wir haben doch einen klasse Plan, diesem Brutalo ein für alle Mal das Handwerk zu legen«, findet auch Bruno. »Und wenn wir das jetzt nicht tun, dann macht der immer weiter.«

»Und Sally, ich möchte sie soooo gerne finden. Ich bin sicher, wir schaffen das. Aber nur zu dritt. Bitte, Klara, steig jetzt nicht aus! Du bist unsere Chabaud-Expertin. Wir brauchen dich!« Fritzi umarmt ihre Freundin spontan. Da kann Klara gar nicht anders, sie macht weiter mit.

»Übrigens, ich habe eine interessante Neuigkeit für euch«, fällt ihr ein, und sie breitet drei Aufnahmen mit dem *Hotelflur* darauf vor Fritzi und Bruno aus.

»Schaut euch die mal genau an, vor allem die unteren Ecken.«

»Auf dem ersten sehe ich ... einen rotschwarzen Teppich, auf dem zweiten sehe ich das Gleiche.« Fritzi nimmt Foto Nummer drei in die Hand. »Und auf dem dritten? Täusche ich mich, oder ist da ein kleiner Rabe?«
»Du täuschst dich nicht, den sehe ich auch«, stimmt ihr Klara zu. »Meinst du, er ist von deiner Mutter?«
»Gut möglich, dass das ihr Zeichen ist. Ein kleiner schwarzer Rabe. Deswegen war der Rabe auch in meinem Geburtstagspaket! Klar, das ergibt einen Sinn ... Aber wenn das wirklich ihre Bildunterschrift ist, dann hätte sie doch ihre Unschuld in solch einem Fälschungsskandal mühelos beweisen können«, kombiniert Fritzi. »Am besten, ich schreibe das Pariser Hotel an und frage nach Sally und dem Bild.«
»Vergiss nicht, dich für das Chaos zu entschuldigen, das wir hinterlassen haben«, sagt Klara.
»So, jetzt wollen wir mal sehen, ob es klappt.« Bruno hat sich die ganze Zeit an seinem Laptop zu schaffen gemacht. »Es kann losgehen.«
»Hast du es wirklich geschafft?«, fragt Klara bewundernd. Sie hat sich nicht vorstellen können, dass sich Bruno tatsächlich in den Computer der Kunsthändler einklinken kann. Bruno zwinkert ihr stolz zu.
»Wie machst du das bloß?«, möchte Klara wissen. Er sieht echt süß aus, wenn er so lächelt. Klara merkt, dass sie errötet.

»Betriebsgeheimnis. – Aber so viel kann ich sagen, es hat mich einige Nächte gekostet. Wonach müssen wir denn nun suchen, Ladys?«, fragt er und schaut sich die E-Mails der Kleibichs an.

»Wir müssen herausfinden, ob unsere Vermutung stimmt, dass sie die Bilder, die sie eigentlich restaurieren sollen, heimlich verkaufen«, sagt Fritzi. »Denn wenn das zutrifft, hätten wir den Beweis, dass im Museum tatsächlich eine Fälschung hängt.«

»Genau«, stimmt Klara zu. »Vielleicht guckst du mal, ob du eine Mail findest, in der der Maler Chabaud genannt wird.«

»Und in der Betreff-Zeile steht dann Chabaud? Nee, so doof ist keiner«, vermutet Bruno und vertieft sich erneut in die Mail-Korrespondenz. Dann lacht er auf und korrigiert sich: »Warum kompliziert, wenn es auch einfach geht.« Fritzi und Klara verstehen nur Bahnhof.

»Es gibt einen ›Smoky‹, und der hat sich tatsächlich vor ein paar Wochen wegen eines Chabaud-Bildes gemeldet«, erklärt Bruno. »Da steht es. *Betreff: Chabaud.*«

»Das ist doch noch nicht verboten, oder?«, gibt Klara zu bedenken.

»Und ist es der *Hotelflur*?«, will Fritzi wissen. Bruno, der seinen Blick nicht vom Bildschirm wendet, nickt.

»Smoky möchte das Bild käuflich erwerben, so schreibt er. Ob das denn möglich sei, fragt er.«
»Und was antworten die Kleibichs?«, fragt Fritzi.
»Sie könnten das Bild liefern«, liest Bruno vor. »Aber billig sei das nicht, schreiben sie.«
»Wenn Chabaud zu den vergessenen Künstlern gehört, warum kostet dann ein Bild von ihm so viel Geld?«, wundert sich Fritzi.
»Er ist etwas ganz Besonderes unter den Künstlern. Da er nie wirklich zu einer Gruppe gehörte, hat er seinen eigenen Stil entwickelt: Chabaud hat sich als Expressionist verstanden«, erklärt Klara, die inzwischen wirklich zur Chabaud-Expertin geworden ist.
»Expressionist?«, fragt Fritzi. »Was ist denn das?«
»Na, die wollten nicht nur abbilden, was sie sehen. Die wollten mehr. Die wollten auch ihr Gefühl ausdrücken, mit kräftigen Farben. Ich glaube, Chabaud wird gerade wiederentdeckt. Im Internet habe ich noch einige tolle Bilder gefunden: Eine lustige Kamelkarawane zum Beispiel und eine wunderschöne, elegante Dame mit großem weißen Hut, die in einen roten Mantel und weißen Schal gehüllt ist.«
Bruno ist ganz in die Mails der Kleibichs vertieft und berichtet, dass es noch andere Anfragen gibt. Da geht es um Bilder von Pablo Picasso, Paul Klee und Edvard Munch. Die drei Freunde staunen nicht schlecht.

»Sind die denn alle einfach so zu kaufen?«, wundert sich Fritzi.
»Nein, die hängen alle in Museen«, klärt sie Ricardo auf, der mal wieder unvermittelt aufgetaucht ist und sich zu den dreien setzt.
»Huch, wo kommst du denn so plötzlich her?« Fritzi hat ihn gar nicht hereinspazieren sehen.
»Klara hat mir eine SMS geschickt, dass ihr hier seid. Und da dachte ich, ich trinke einen Kaffee mit euch«, sagt Ricardo. »Also, die Bilder, von denen ihr eben gesprochen habt, sind jedenfalls nicht zu verkaufen.«
»Okay, dann haben wir es jetzt schriftlich: Der Chabaud ist kein Einzelfall,« kombiniert Klara.
»Und das Original landet statt im Museum bei den Sammlern«, kombiniert Fritzi weiter. »Das ist doch voll der Betrug, was die Kleibichs hier machen.«
»Yep«, bestätigt Ricardo. »Aber gar nicht neu.«
»Und welches Bild bestellen *wir* nun bei unseren Fälscherfreunden?«, möchte Bruno wissen, der seinen Laptop inzwischen wieder heruntergefahren hat.
»Ihr wollt ein Bild in Auftrag geben?«, fragt Ricardo verwundert.
»Ja, die Idee ist von Klara«, gesteht Fritzi.
»Per Mail, das ist schließlich kein direkter Kontakt, oder?«, schickt Klara schnell hinterher. Nicht dass er ihr das noch verbietet.

»Eine super Idee, hätte ich dir gar nicht zugetraut, Schwesterchen«, staunt Ricardo. Die drei Freunde lächeln sich vielsagend an, denkt doch jeder von ihnen das Gleiche: Warum Eltern und ältere Geschwister einen immerzu unterschätzen müssen. Ricardo hat diesen Blick gar nicht bemerkt: »Ich stelle mich jedenfalls schon mal als Strohmann zur Verfügung.«

»Du meinst Strohkopf, oder?«, neckt ihn Klara.

»Nein, Schwesterchen, ich meine Strohmann. Strohmänner setzt man dann ein, wenn der Auftraggeber nicht selbst in Erscheinung treten und unerkannt bleiben will. Wer ist eigentlich der wichtigste Auftraggeber, Bruno?«, möchte Ricardo wissen.

»Ich glaube, das ist Smoky.«

»Dann bestellen wir ein Bild im Namen von Smoky«, schlägt Klara vor.

»Meinst du, das geht, Bruno?«, fragt Fritzi.

»Das wird eine meiner leichtesten Übungen«, antwortet Bruno.

Einen van Gogh, bitte

Ricardo ist schon lange weg, da sitzen Fritzi, Bruno und Klara immer noch in der Küche und grübeln, welches Bild sie wohl getarnt als Sammler Smoky bei den verdächtigen Kleibichs bestellen sollen. Eigentlich soll es kein Bild sein, dass in einem Museum hängt, denn sie möchten die Kunsthändler nicht noch zu einem weiteren Kunstraub anstiften. Andererseits ist ja genau das die Methode Kleibich: ein Bild in der Museumswerkstatt zu restaurieren, dabei heimlich eine Kopie davon zu erstellen, das Original still und leise aus dem Museum zu schmuggeln und es für teures Geld an interessierte Kunstsammler zu verscherbeln. Die Kopie hingegen – von der alle annehmen, sie sei das Original – bleibt im Museum.

»Eigentlich wäre es doch ideal«, überlegt Klara, »wenn die Kleibichs das Bild nicht ohne die Hilfe deiner Mutter kopieren könnten. Dann hätten wir gleichzeitig die Chance, dass wir herausfinden, wo sie sich aufhält. Wenn sie uns zu ihr führen sozusagen.«

Auch wenn das natürlich Fritzis Herzensanliegen ist und die Suche nach Sally für ihren Geschmack schon viel zu lange dauert, hat sie da doch große Bauchschmerzen: »Ich würde lieber verhindern, dass Sally und die Kleibichs sich noch mal über den Weg laufen. Aber sie suchen nach ihr, das wissen wir ja spätestens seit Paris.«

»Dann sollten wir uns damit ranhalten, den Kunsthändlern das Handwerk zu legen«, mahnt Bruno zur Eile. Auch ihm ist nicht wohl bei dem Gedanken, dass sie immer noch auf freiem Fuß sind.

»Also gut«, stimmt Fritzi zu. »Kannst du nicht Ricardo noch mal ansimsen, Klara, ob er eine Idee hat?«

Die Antwort lässt nicht lange auf sich warten.

Gachet von v G, lg Ricardo.

Wieso?, simst Klara zurück.

Verschollen, Rahmen im Städel, antwortet Ricardo.

»Wen meint er damit?«, fragt Fritzi, die die SMS mitgelesen hat.
»Bestimmt Vincent van Gogh. Aber das Bild kenne ich nicht.« Gemeinsam schauen sie im Internet und finden heraus, dass das *Bildnis des Dr. Gachet* als verschollen gilt. Der letzte bekannte Besitzer, der 1996 verstorben ist, soll beim Kauf des Bildes gesagt haben: *Legt das Bild in meinen Sarg, wenn ich sterbe.*
»Das ist ja schon wieder so gruselig«, Klara schüttelt sich. »Muss denn jedes Bild ein Krimi sein?«
»Warum eigentlich nicht?«, lacht Fritzi. »Ich finde es nicht schlecht, wenn Bilder rätselhaft sind.«
»Und was meint Ricardo mit dem Rahmen?«, will Bruno wissen.
Sie fahnden erneut im Internet und stellen fest, dass im Städel Museum noch der ursprüngliche Rahmen des Bildes hängt. Leer. Ohne das *Bildnis des Doktor Gachet* darin.
Dann berichtet Fritzi ihren Freunden von der Antwort-Mail des Pariser Künstlerhotels. Das Bild in Zimmer Nummer Zwölf hat wirklich Sally gemalt. Damals sei sie noch Studentin gewesen und habe ein Praktikum im Musée d'Orsay gemacht, schreibt das Hotel. Als glühende Verehrerin von Auguste Chabaud habe sie nur in diesem Hotel wohnen wollen, das er ja auf einigen seiner Bilder verewigt habe. Nur hatte sie als

Studentin nicht das Geld, um die teuren Zimmerpreise zahlen zu können.
So habe der Hotelbesitzer vorgeschlagen, sie als Studentin der Restaurierung könne doch statt mit Geld mit einem Bild bezahlen. Das habe sie auch getan. Und so hängt das erste Ölbild von Sally Rabe im Künstlerhotel. Als Gegenleistung für dieses Bild habe sie längere Zeit kostenlos wohnen können. Das habe der Hotelbesitzer auch mit anderen Künstlern so gemacht. Ganz so, wie es auch zu früheren Zeiten gang und gäbe war, als zum Beispiel van Gogh seine Arztrechnung mit einem seiner Bilder bezahlte.
»Apropos, soll ich den van Gogh jetzt bei Kleibich bestellen?«
»Es ist ein sehr teures Bild. Meinst du, da werden sie misstrauisch?« Klara ist nicht sicher, ob das ein geschickter Schachzug ist.
»Bei deren Kundenwünschen werden sie eher skeptisch, wenn wir ein billiges Bild kaufen wollen«, erklärt Bruno voller Überzeugung.
Und als beide Mädchen zustimmend nicken, schickt er als Smoky getarnt die Bestellung *Gachet* an die Kleibichs ab.

Extrem unangenehme Besucher

Als die beiden Unbekannten an Sallys Haustür klingeln, hat sie kein gutes Gefühl. Sie hat von ihrem Küchenfenster aus beobachtet, wie der Wagen mit einem deutschen Nummernschild direkt vor ihrem Haus geparkt wurde. Zielstrebig kommen die beiden Männer den Kiesweg durch ihren Garten entlang. Sie tragen dunkle Anzüge, was bei diesen sommerlichen Temperaturen etwas unpassend wirkt. Als Sally die Tür öffnet, halten sie sich nicht mit langen Erklärungen auf und kommen ohne Umschweife zur Sache.

»Der Kunsthändler Kleibich braucht Sie in Frankfurt. Bitte packen Sie Ihre Sachen.« Die Männer scheinen sich ihrer Sache ganz sicher.
»Ich kenne keinen Herrn Kleibich«, wehrt Sally ab. Sie ahnt schon da, dass sie verloren hat.
»Sie kennen ihn.« Einer der Männer zieht ein Foto aus seiner Jacket-Tasche und hält es ihr unter die Nase. Es wurde scheinbar nachts aufgenommen. Es sind zwei Personen darauf zu sehen. Die eine bleibt schemenhaft im Dunkeln. Aber Sally reicht es, die Umrisse der Gestalt zu erkennen. Sperling, das ist Sperling, durchzuckt es sie. Und wer steht da neben ihm? Mein Gott, das muss Fritzi sein. Meine Fritzi!!! Sie ist mir wie aus dem Gesicht geschnitten. Liebe Güte, ist sie groß geworden. Aber was hat sie mit Sperling zu tun? O mein Gott, dieser Gangster hat meiner Tochter aufgelauert!
»Sie sehen, Kleibich weiß, was Ihnen lieb und teuer ist. Da werden Sie doch sicher seinen Wunsch, ihm in Frankfurt bei einer kleinen Sache zu helfen, nicht abschlagen.« Der Mann formuliert die Drohung in einem solch ruhigen Ton, dass sie noch gefährlicher klingt.
Sally schlägt das Herz bis zum Hals. Die Gedanken rasen durch ihren Kopf. Sie hat so sehr gehofft, dass sie diesem kriminellen Kunsthändler nie wieder begegnen müsste. Sie hat, um ihre Liebsten vor ihm zu schützen,

ihr Land verlassen. Und unerkannt im Süden Frankreichs gelebt. Bis jetzt. Nun hat sie die Vergangenheit wieder eingeholt. Und das Liebste, was sie hat, ist in Gefahr. Sperling oder Kleibich, wie er sich jetzt wohl nennt, schreckt vor nichts zurück. Das weiß sie nur zu gut. Sie braucht nicht lange für ihre Entscheidung.

»Ich packe ein paar Sachen. Das geht schnell.«

Ein allerletzter Auftrag

Das ist der fetteste Auftrag aller Zeiten«, freut sich der Kunsthändler. Er kann die Mail von Smoky gar nicht oft genug lesen. »Wenn wir den erledigt haben, setzen wir uns zur Ruhe. Das ist mal klar.«

»Den Gachet bekommen wir nicht ohne unsere Meisterfälscherin hin. Das ist ein paar Nummern zu groß für uns.« Frau Kleibich ist überhaupt nicht begeistert. »Nur sie kann dieses Meisterwerk liefern.«

»Den Gachet müssen wir ja auch nicht ohne unsere Meisterfälscherin ausführen.«

»Du sprichst in Rätseln. Ich denke, in Paris hast du sie nicht erwischt?«

»Nein. In Paris war sie auch nicht. Aber meine Spione haben sie schließlich in Südfrankreich aufgespürt. Und bringen sie jetzt direkt zu uns.« Der Kunsthändler hat ausgesprochen gute Laune.

»Sie ist freiwillig mitgekommen?«

»Nicht ganz freiwillig, nein.«

»Womit hast du sie denn gelockt?«

»Ich habe ihr das Foto bringen lassen, das du neulich nachts aufgenommen hast. Das schöne Foto von ihrer Tochter und mir.«

»Du bist wirklich clever. Aber hast du auch daran gedacht, dass sie uns verpfeifen wird, sobald sie das Bild fertig hat?«

»Oh, wenn sie erst mal einen Teil des Smoky-Geldes auf ihrem Konto findet, wird sie ihre Unschuld nicht beweisen können. Das hatten wir doch schon mal. Und wir tauchen dann sofort ab.«

»Das ist ein sehr guter Plan. Respekt.«

Auftritt mit Folgen

Fritzi ist spät dran. Sie hat sich mit Kalli gestritten. Wieder mal. Er wollte ihr den Auftritt heute im *Café Crème* verbieten. Sie hätte ihn fragen müssen, hat er ihr vorgeworfen. Ständig sei sie unterwegs, er bekomme gar nichts mehr von ihr mit. Und dann hat er gefragt, ob sie Geheimnisse vor ihm habe.

»Nicht mehr als du vor mir«, hat Fritzi ihm geantwortet. Sie nimmt ihm übel, dass er sich über Sally immer noch ausschweigt. Sie ist doch meine Mutter, denkt Fritzi. Alles müssen sie und ihre Freunde allein herausfinden. Dass sie ihre Suche nach Sally fortgesetzt haben und auf keinen Fall aufgeben werden, bindet sie ihm lieber nicht auf die Nase.

Kalli ist sprachlos. Er fragt sich insgeheim, ob er vielleicht einen Fehler gemacht hat, weil er Fritzi nie die wahren Gründe für Sallys Weggang erzählt hat. Gut, am Anfang war sie natürlich wirklich noch zu klein, aber später hätte er es ihr erklären können. Nur, *wie* hätte er das erklären sollen? Die eigene Mutter eine Kunstfälscherin. Er hat nie herausgefunden, warum sie damals mitgemacht hat. War es wirklich nur das Geld? Oder war es das Spiel mit dem Feuer? Hat sie gedacht, sie könne alle austricksen, keiner würde ihr auf die Schliche kommen, weil sie so brillant sei? Warum hat sie ihm nie etwas gesagt? Warum nur hat sie sein Vertrauen so missbraucht? Klar, dass er ihr auch nicht mehr trauen konnte, als alles rauskam und die Polizei vor ihrer Tür stand. Das war ein Schock. Danach war im Grunde alles aus. Alles, aber auch alles sprach damals gegen Sally.

Kalli setzt sich an den Küchentisch. In Gedanken versunken. Dass die Haustür zuschlägt, hört er gar nicht.

Fritzi rennt die letzten Meter, kommt an der Kunsthandlung der Kleibichs vorbei und wirft einen schnellen Blick durch die Fenster. Auf keinen Fall möchte sie diesem widerlichen Mann begegnen! Jetzt leide ich schon unter Halluzinationen, denkt sie. Oder hat sie da wirklich eine Frau mit roten Haaren durch die Ladenräume gehen sehen?

Verwirrt erreicht sie das *Café Crème*.

»Das kann doch nicht wahr sein, oder?« Klara wird von Fritzis Aufregung angesteckt, als diese ihr noch vor dem Auftritt von ihren »Halluzinationen« berichtet.

»Ich schaue mir das mal an«, verspricht Klara, verabschiedet die Freundin mit einem zünftigen »Zicke, Zacke, Kinderkacke«, schnappt ihre Digikamera und wartet nicht einmal, bis *4ever* auf die Bühne müssen. Sie sucht sich einen Platz, von dem aus sie die Kunsthandlung unauffällig beobachten kann.

Das *Café Crème* ist auch an diesem Samstag wieder rappelvoll. Voller Erwartung fiebern die jungen Leute dem Auftritt von *4ever* entgegen. Mit begeisterndem Applaus werden die vier begrüßt, als sie auf die Bühne treten. Doch die Begeisterung ist nicht von Dauer. Denn dieser Auftritt geht gründlich schief.

Fritzi ist mit ihren Gedanken bei Sally. Sie schafft es überhaupt nicht, sich auf die Songs zu konzentrieren. Sie verpasst den Einsatz, hat Texthänger und greift sogar auf ihrer E-Gitarre daneben. Am liebsten wäre sie vor Scham im Bühnenboden versunken. Auch das umwerfende Schlagzeugsolo von Bruno kann es nicht

mehr rausreißen. Der Gig ist misslungen. Mit hängenden Köpfen treten *4ever* ab. Sie werden von Pfiffen und Buhrufen begleitet.
Fritzi versucht gar nicht erst, das Ganze schönzureden.
»Ich hab's komplett vergeigt. Das tut mir echt leid«, entschuldigt sie sich sofort hinter der Bühne bei den anderen.
»Was ist denn bloß los mit dir?«, fragt Bruno.
»Ich glaub, ich hab Sally gesehen«, sagt Fritzi. Und erklärt den anderen, was direkt vor dem Auftritt passiert ist. Das ist sie ihnen schuldig.
»Ehrlich, Fritzi, wenn du nach all den Jahren endlich deine Mutter wiedersiehst, wäre das riesig«, findet Eddy und schluckt seine Enttäuschung hinunter.
»Ja, schon, aber wenn ich es jetzt mit den Talentscouts vermasselt habe, dann ist das doch blöd für euch«, sagt Fritzi traurig.
»Quatsch, das ist doch voll unwichtig jetzt«, beruhigt sie auch Bent.
»Ihr seid echt cool, Jungs, danke.« So viel Zustimmung tröstet Fritzi über den missglückten Gig hinweg.

Streit unter Freunden

Klaras Foto belegt, was Fritzi längst ahnt: Sally ist tatsächlich in Frankfurt. Und ausgerechnet in der Kunsthandlung der Kleibichs. Zum ersten Mal kommt es zwischen den drei Freunden zum Streit, als sie durch die Frankfurter Altstadt spazieren.

»Sie macht also doch wieder mit«, sagt Bruno, der vorm Römer, dem Frankfurter Rathaus, stehen bleibt und das Foto eingehend betrachtet. Er geht davon aus, dass Sally nach Frankfurt gekommen ist, um das Van-Gogh-Bild für die Kleibichs auf die Leinwand zu bringen.

»Das weißt du doch gar nicht«, widerspricht Fritzi und nimmt ihm das Foto aus der Hand. Es zeigt Sally im weißen Malerhemd mit einer Farbpalette in der Hand.

»Aber warum sonst ist sie in Frankfurt?«, pflichtet Klara Bruno bei.

»Als unser Auftrag einging, werden die Kleibichs sie sofort hierhergeholt haben«, vermutet Bruno.

»Aber Kleibich wusste doch gar nicht, wo sie sich aufhält, sonst wäre er in Paris nicht so ausgerastet«, gibt Fritzi zu bedenken.

»Er hat nach ihr gesucht, genau wie wir«, erklärt Klara. »Und er hat sie vor uns gefunden. Das ist mal klar. Bei diesem Bild brauchen sie Sally, das haben wir doch auch schon geahnt.«

»Warum seid ihr plötzlich alle gegen sie?« Fritzi blickt verzweifelt auf den Gerechtigkeitsbrunnen und seine Göttin Justitia. Wenn sie doch nur helfen könnte! Warum denken denn jetzt auch noch ihre allerbesten Freunde, dass ihre Mutter eine Kunstfälscherin ist. Sie wollten doch genau das Gegenteil beweisen. Hatten sie durch ihren Auftrag, der die Kleibichs überführen sollte, etwa Sally in eine Falle gelockt? »Vielleicht ist sie ja gar nicht freiwillig hier. Wir wissen doch, wie die Kleibichs ticken. Bestimmt haben sie sie gezwungen, hierherzukommen.«

»Ich glaube, wir können es mit diesen miesen Gangstern nicht aufnehmen. Wir sollten jetzt die Polizei einschalten«, schlägt Klara vor.

»Nein, wartet noch«, bittet Fritzi. Auch wenn sie an Sallys Unschuld glaubt, ist sie nicht sicher, dass die Polizei das auch tut. Wenn sogar schon ihre eigenen Freunde zweifeln. »Bitte ruft noch nicht die Polizei an, ich bin sicher, mir fällt noch etwas ein.«

An der Schirn trennen sich ihre Wege. Während Klara und Bruno Richtung Dom spazieren, zieht es Fritzi an den Main. Sie muss in Ruhe nachdenken.

Eine Nacht-und-Nebel-Aktion

Fritzi hat ein paar Tage gebraucht. Doch nun steht ihr Plan fest. Manchmal hilft eben nur die nackte Wahrheit, denkt sie. Und hat am späten Nachmittag allerhand eingekauft, was sie nun in ihrem Rucksack versteckt hält. Ihre Freunde Klara und Bruno hat sie kurzerhand per SMS eingeweiht: *Heute Nacht: Aktion Rabe, lg Fritzi.*

Ok, hdgdl, Klara. – Okay, hab dich ganz doll lieb, Klara.

Bin dabei, bs B. – Bin dabei, bis später, Bruno.

Da sie erst in der Dunkelheit losschlagen wollen, besteht das Hauptproblem darin, wach zu bleiben. Und sich heimlich aus dem Haus zu schleichen. Während Klara und Bruno da kein Problem haben, Ricardo ist nämlich gar nicht da und Brunos Mutter hat im Krankenhaus Nachtdienst, muss Fritzi Kalli austricksen. Denn ausgerechnet an diesem Freitagabend trifft er sich nicht mit seinen Freunden.

Wider Erwarten ist Kalli kein großes Hindernis. Nachdem die beiden eine Partie Schach gespielt haben, ist er nämlich so müde, dass er vorschlägt, mal etwas früher ins Bett zu gehen, auch wenn sie beide am nächsten Morgen ausschlafen könnten. Entgegen ihrer sonstigen Gewohnheit widerspricht Fritzi nicht und zieht sich in ihr Zimmer zurück.

Sie hat sich vorgenommen, bis kurz nach zehn zu warten, dann nimmt sie per SMS Kontakt zu Bruno und Klara auf.

Bidunowa – Bist Du noch wach?, fragt sie die beiden.

Bin ok, schreibt Bruno.

☺, antwortet Klara.

8ung: Jon – Achtung, jetzt oder nie, simst Fritzi. Und: *Treffpunkt: KuKl – Treffpunkt: Kunsthandlung Kleibich.*

Bda – Bis dann, antworten Bruno und Klara.

Leise schleicht sich Fritzi aus der Wohnung. Sie hört

Kallis Schnarchen durch die Tür und lächelt. Draußen setzt sie sich auf ihr Fahrrad und radelt durch die Nacht. Als sie an der Kunsthandlung der Kleibichs ankommt, sind Bruno und Klara schon da. Flüsternd weiht Fritzi sie in ihren Plan ein.

»Ich will ja keine Spielverderberin sein, Fritzi«, sagt Klara. »Aber was ist, wenn Sally doch mit den Kunstfälschern unter einer Decke steckt? Schützen wir dann die Falsche?«

»Sie ist meine Mutter. Ich vertraue ihr und *muss* ihr helfen«, erklärt Fritzi voller Überzeugung. »Wenn ihr nicht an sie glaubt, dann seid *ihr* hier falsch.«

»Schon okay, Fritzi, du weißt doch, dass wir auf deiner Seite sind«, beschwichtigt Bruno. »Sonst hätten wir dir doch nie bei den ganzen Ermittlungen geholfen!«

»'tschuldigung«, murmelt Fritzi kleinlaut. »Ich bin wohl inzwischen ganz schön nervös.«

Dann pocht sie ganz sachte an die Tür der Kunsthandlung.

»Betet bloß zum Himmel, dass meine Annahme stimmt und sie allein hier ist«, raunt sie Klara und Bruno zu. Die heben zuversichtlich die Daumen.

Als sich in den Räumen der Kunsthandlung nichts rührt, klopft Fritzi ein weiteres Mal leise. Da sieht sie einen Lichtschein in den hinteren Räumlichkeiten.

Eine Frau mit langen, roten Haaren kommt an die Tür und öffnet sie einen Spalt.
Fritzi hat so oft überlegt, was sie ihrer Mutter wohl als Erstes sagen wird, wenn sie ihr jemals gegenübersteht: Soll sie ihr Vorwürfe machen, weil sie sie als kleines Kind einfach im Stich gelassen hat? Oder soll sie ihr erstmal die Gelegenheit geben, die Geschichte zu erklären.
Doch nun ist plötzlich alles ganz anders und so einfach.
Sally, die anfangs vorsichtig und misstrauisch aus der Tür lugt, erkennt ihre Tochter sofort. Sie stürzt auf Fritzi zu und nimmt sie in die Arme. Sie drückt sie, streichelt ihr über die Haare und will sie gar nicht mehr loslassen. Tränen laufen über ihr Gesicht.
»Es geht dir gut. Dem Himmel sei Dank, es geht dir gut. Sie haben dir nichts getan«, stammelt sie immer wieder. Fritzi schmiegt sich an ihre Mutter. Auch sie kann die Tränen nicht zurückhalten. Was für ein tolles Gefühl, denkt sie, das ist meine Mutter! Und dann müssen die beiden abwechselnd lachen und weinen. So erleichtert sind sie, sich nach all den Jahren wohlbehalten wiederzusehen.
»Pssst, wir dürfen keinen Krach machen, sonst wird noch jemand aufmerksam«, flüstert Bruno, der sich vorsichtig umschaut, ob auch in den umliegenden Häusern ja kein Licht angeht.

»Wir haben nicht viel Zeit«, warnt auch Klara.
»Die beiden haben recht«, sagt Fritzi, die sich ganz behutsam aus Sallys Umklammerung löst. »Hol schnell deine Sachen, Sally, wir müssen uns beeilen.« Und während Sally in die Kunsthandlung zurückläuft, holt Fritzi die Spraydosen aus ihrem Rucksack.
»Ist das nicht Sachbeschädigung?« Klara hat kein gutes Gefühl bei dieser Aktion.
»Wir lassen uns eben nicht erwischen«, sagt Bruno, entfernt den Deckel von der Spraydose und sprüht munter drauf los. »Hey, das macht echt Spaß.«
Das lässt sich Klara nicht lange sagen und nimmt auch eine Spraydose zur Hand. Gemeinsam bearbeiten die drei Freunde die Fenster der Kunsthandlung. Dann steht Sally mit ihrer Reisetasche neben ihnen und liest: *Hier arbeiten Kunstfälscher. Legt ihnen endlich das Handwerk!*
Sie haben das Polizeiauto nicht kommen hören. Ein Nachbar ist aufmerksam geworden, hat die nächtliche Sprühaktion beobachtet und umgehend die Polizei verständigt. Es ist zu spät, um abzuhauen.
»Mist«, schimpft Klara leise. »Ich habe doch gewusst, dass das schiefgeht.«
Die Polizisten nehmen Fritzi den Rucksack mit den Spraydosen ab – das ist schließlich Beweismaterial – und bringen die vier auf die nächste Polizeiwache.

Geständnisse

Wie kommen wir aus dieser Nummer nur wieder raus?«, fragt Fritzi. »Ich bringe euch von einer blöden Situation in die nächste.«
»Gib jetzt bloß nicht auf, Fritzi«, muntert Klara sie auf, deren Kampfgeist gerade wieder zurückgekehrt ist. »Wir müssen ihnen doch nur beweisen, dass wir recht haben und die Kleibichs Betrüger sind.«
Sie sitzen zu viert in einem Warteraum der Polizeiwache. Sally ist unruhig, sie geht auf und ab.
»Ja, ihr habt ins Schwarze getroffen: Kleibichs sind

Kunstfälscher. Aber es ist schon vor Jahren nicht gelungen, ihnen das zu beweisen. Die sind mit allen Wassern gewaschen und ziehen ihren Kopf immer aus der Schlinge.«

»Warum bist du eigentlich damals gegangen, Sally? Warum hast du denn nicht einfach gesagt: Ich war es nicht, ich hatte mit dem Kunstfälscherskandal nichts zu tun?« Fritzi findet, es ist Zeit, dass sie eine Antwort auf die Frage erhält, die sie so lange schon quält. »Oder hast du damals doch ein Bild gefälscht?«

»Nein, Fritzi, das habe ich nicht getan. Aber ich konnte es nicht beweisen. Ich habe damals mit den Sperlings, so hießen Kleibichs zu dem Zeitpunkt noch, in einer Restaurationswerkstatt gearbeitet. Das Restaurieren von Bildern hat mir wahnsinnig viel Spaß gemacht. Ich konnte mich so gut in die Künstler hineinversetzen. Die meisten Aufträge erhielten wir von Museen. Und dann habe ich manchmal von Bildern, die ich bearbeiten musste, Kopien erstellt. Wisst ihr, es gibt immer Menschen, die Kunst lieben, aber sich keine teuren Kunstwerke leisten können.«

»Einen echten Picasso zum Beispiel«, ergänzt Klara.

»Genau, einen echten Picasso oder einen echten Klee. Die Sperlings waren damals dick im Kunstgeschäft und haben solche Aufträge vermittelt. Ich selber habe diese Kopien nicht verkauft, das waren die Sperlings.

Ich dachte jedenfalls, dass sie mit den Kopien handeln würden. Es war mein Ehrgeiz, jede Kopie möglichst originalgetreu hinzubekommen. Damit aber immer klar war, dass es auch wirklich eine Kopie ist und keine plumpe Fälschung, habe ich eben meine Signatur druntergesetzt.«

»Der kleine schwarze Rabe«, ergänzt Fritzi.

»Stimmt. Das ist mein Markenzeichen. Ich habe ihn in eine Ecke des Bildes gemalt. Ich konnte doch nicht ahnen, dass die Kleibichs den Raben wegretuschieren und an seine Stelle die Signatur des Künstlers setzen würden. Ich bin Betrügern auf den Leim gegangen. Ich war sehr naiv damals.«

»Wann hast du es denn gemerkt?«, fragt Klara.

»Irgendwann kam heraus, dass ein Bild, das von Picasso hätte sein sollen, gar kein Picasso war. Das Museum, für das wir dieses Bild restaurieren sollten, schlug Alarm. Die Kleibichs haben den Verdacht sofort auf mich gelenkt. Sie haben behauptet, ich hätte das Bild restauriert und dabei das Original gegen eine Fälschung ausgetauscht. Das Original hätte ich dann für teures Geld verscherbelt.«

»Aber warum hast du sie nicht angezeigt?« Fritzi kann gar nicht glauben, dass man solch einen Verdacht auf sich sitzen lässt, wenn man doch eigentlich unschuldig ist und es beweisen kann.

»Das ging eben nicht. Wie gesagt, die Raben-Signatur hatten sie überall entfernt. Und dann haben sie mir gedroht, dass Kalli Probleme kriegen würde in seinem Beruf, wenn es zum Prozess käme. Er stand damals noch ganz am Anfang. Und die Kleibichs hatten einflussreiche Freunde.«
»Hm.« Das überzeugt Fritzi nicht wirklich.
»Was aber mein Hauptgrund war: Ich hatte Angst um dich und Kalli. Eine Wahnsinnsangst. Das kannst du dir nicht vorstellen! Die Kleibichs, das sind nicht einfach nur Kunstfälscher, was ja schon schlimm genug wäre«, setzt Sally an.
»Nee, die sind echt voll brutal«, ergänzt Klara.
»Ich habe einmal beobachtet, wie sie mit jemandem umgesprungen sind, der nicht nach ihrer Pfeife tanzte. Da bekam ich es mit der Angst und dachte, es wäre das Beste, wenn ich ginge. Dann seid ihr wenigstens in Sicherheit, habe ich gedacht.« Sally ist froh, dass sie sich alles von der Seele reden kann. Sie muss Fritzi ja nicht unbedingt erzählen, das noch ein weiterer Grund hinzukam, damals. Wie sehr Kalli sie enttäuscht hat. Er hat ihr überhaupt nicht vertraut, sondern wirklich gedacht, sie habe mit den Fälschungen das große Geld machen wollen. Dass ausgerechnet ihr eigener Mann, ein Richter noch dazu, glaubte, sie sei eine Betrügerin, das tat so weh.

Sie atmet tief durch. »Aber als die beiden Männer vor kurzem bei mir auftauchten und mir ein Bild zeigten, wo Kleibich dich nachts bedroht hat, da wurde mir klar, sie haben mich immer noch in der Hand. Du bist schon wieder in Gefahr.«

»Und genau das müssen wir ändern: ein für alle Mal«, sagt Fritzi entschieden.

»Aber wie wollt ihr schaffen, was uns Erwachsenen nicht geglückt ist?«, fragt Sally zweifelnd.

»Habt ihr es denn wirklich probiert? Du hast das Land verlassen, und was hat Kalli gemacht?«, fragt Fritzi vorwurfsvoll.

»Ach Kalli, er konnte mir leider auch nicht helfen. Er war maßlos enttäuscht, dass ich überhaupt in solch einen Skandal hineingeraten war«, entschuldigt ihn Sally. Auch wenn sie insgeheim etwas anderes denkt.

»Siehst du, und deshalb ist es besser, dass wir die Sache in die Hand genommen haben«, sagt Fritzi.

»Aber jetzt sitzen wir im Knast und die Kleibichs nicht. Unsere Aktion ist voll nach hinten losgegangen«, kommentiert Bruno trocken.

»Jetzt heißt es: Nerven bewahren und nachgedacht«, muntert Fritzi alle auf. »Wir haben doch im Grunde längst den Beweis, dass die Kleibichs eine Fälscherwerkstatt unterhalten.«

Sie schaut in die verblüfften Gesichter von Sally, Bruno und Klara.
»Mensch, Klara, du hast doch alles auf deiner Digi festgehalten«, erklärt Fritzi. »Kannst du nicht Ricardo eine SMS schicken, dass er mit der Digi hierherkommt?«
So schnell hat man Klara noch keine SMS tippen sehen.

Kalli fällt aus allen Wolken

Als Kalli den Telefonhörer wieder aufgelegt hat, nimmt er sich vor, jetzt endgültig andere Saiten aufzuziehen. Sein Fräulein Tochter ist nun wirklich zu weit gegangen. Hat er ihr denn nicht beigebracht, was Richtig und was Falsch ist? Hat er denn so versagt als Vater? Als Richter? Fremder Leute Fenster zu besprühen ist eindeutig falsch. Das muss sie doch wissen. Das ist Sachbeschädigung! Und da sie zu dritt waren, ist es gemeinschaftliche Sachbeschädigung. Liebe Güte, da kommen mindestens die Reinigungskosten auf ihn zu.

Was aber in Kallis Augen am allermeisten wiegt: Fritzi hat nachts allein die Wohnung verlassen. Was da alles hätte passieren können. War sie doch erst neulich in einer brenzligen Situation. Kalli ist außer sich, als er auf der Polizeiwache ankommt.

»Wo ist meine Tochter?«, fragt er den erstbesten Polizisten, der ihm auf dem Gang der Polizeiwache entgegenkommt. Kalli wird in einen Raum geführt, in dem er nicht nur auf Fritzi, Bruno und Klara, sondern auch auf Sally trifft.

»Du? Was machst du hier? Bist du etwa für diese Sprühaktion verantwortlich?« Kalli ist völlig überrumpelt und vergisst ganz seine höflichen Umgangsformen.

»Guten Abend, Kalli. Ich fürchte, ja, ich bin dafür mitverantwortlich«, entgegnet Sally.

»Kalli, bitte, reg dich nicht auf.« Fritzi ahnt, dass ein Donnerwetter über sie niedergehen wird. Deshalb versucht sie lieber gleich, Kalli den Wind aus den Segeln zu nehmen. »Ich kann das alles erklären.«

»Ich bitte darum!« Kalli lässt sich auf einen Stuhl nieder.

Und dann erzählt Fritzi tatsächlich von Anfang an: von dem Chabaud-Bild, ihrer Suche nach Sally, dem Verdacht gegen die Kunsthändler, den Beweisen, die sie sammeln mussten, und dass sich schließlich die Ereignisse überstürzten, als sie erfuhren, dass Sally wieder in

Frankfurt ist. Ausgerechnet in der Kunsthandlung der Kleibichs, die früher Sperling hießen.

»So, so, zu denen hast du also immer noch Kontakt. Habt ihr an neuen Kunstfälschungen gebastelt?« Kalli klingt enttäuscht und bitter.

Bevor Sally antworten kann, stellt Fritzi das Ganze klar: »Nein, Kalli, das ist ein Missverständnis. Sie ist gekommen, weil sie dachte, ich wäre in Gefahr. Sie arbeitet nicht mit denen zusammen. Die fälschen ihre Bilder ganz alleine. Das haben sie schon immer so gemacht.«

»So, so. Und hast du für diese kühne Behauptung irgendwelche Beweise?« Kalli bleibt misstrauisch.

»Jawoll, das haben wir«, sagt Fritzi fest.

Ricardo hat wirklich inzwischen Klaras Digikamera vorbeigebracht. Und nicht nur das. Er hat auch die Fotoabzüge dabei, die Klara von dem Bild *Hotelflur* gemacht hat. Anhand dieser Fotos können Bruno, Klara und Fritzi belegen, dass die Kleibichs eine Fälschung ins Museum gehängt haben, in der plötzlich die Farbe Gelb am Schlüsselanhänger durch ein Weiß ersetzt wurde. Es ist nur eine klitzekleine Veränderung, aber sie beweist, dass es sich nicht um das Originalbild handeln kann.

»Und was hat Sally damit zu tun?«, möchte Kalli wissen.

»Da mussten wir erst das Geheimnis des Raben lüften, um das herauszufinden«, erklärt Fritzi schon fast fröhlich und hält Kalli das Foto aus dem Pariser Hotel unter die Nase. »Guck mal ganz genau in die untere rechte Fotoecke.«

»Da ist ein kleiner schwarzer Rabe«, sagt Kalli und blickt zu Sally. »Ist das dein Zeichen?«

Sally nickt. Allmählich dämmert es Kalli, dass Sally tatsächlich schuldlos in den Kunstskandal hineingeschlittert ist.

»Das hat sie schon immer benutzt, seit sie eine Studentin ist. Das Geheimnis des Raben haben wir in dem Pariser Hotel entdeckt«, enthüllt Fritzi ihre Ermittlungsergebnisse. »Da hängt nämlich ihr allererstes Ölbild. Eine Kopie des Chabaud-Bildes *Hotelflur*. Signiert mit einem kleinen schwarzen Raben.«

»Sag bitte jetzt nicht, dass ihr auch noch in Paris gewesen seid«, stöhnt Kalli. »Ich glaube, es gibt hier nicht nur das Geheimnis des Raben, sondern auch noch die Geheimnisse der Fritzi.«

»Da waren wir ja nicht allein, sondern mit meinem Opa«, erklärt Bruno rasch. »Übrigens sollten wir uns jetzt endlich um die wirklichen Ganoven kümmern. Sonst sind die Kleibichs noch über alle Berge.«

»Da sagst du was Richtiges, Bruno. Ich rede mit den Polizeibeamten. Ihr habt ja erdrückende Beweise gesammelt«, freut sich jetzt auch Kalli. Er verspricht, diese Fotos direkt an die Polizisten zu übergeben, damit die dem Fälschungsverdacht nachgehen können. Dann erhebt er sich vom Stuhl. »Aber vorher muss ich mich bei dir entschuldigen, Sally. Ich habe damals einen Riesenfehler gemacht. Niemals hätte ich an dir zweifeln dürfen. Niemals.« Er macht eine kurze Pause und geht ein paar Schritte auf Sally zu.

»Ich war nur so enttäuscht, auch, weil du nicht mit mir geredet hast. Und als du dann einfach gegangen bist, da habe ich wirklich gedacht: Das ist ein Schuldeingeständnis. Und ich fühlte mich im Stich gelassen. Allein mit unserer kleinen Tochter. Aber wenn mir jemand gezeigt hat, wie ich mich hätte verhalten müssen, dann ist das unsere große Tochter Fritzi: Sie hat nach dir gesucht und an dich geglaubt. Ich bin mit dem festen Vorsatz gekommen, dir eine Standpauke zu halten, Fritzi. Aber jetzt muss ich sagen: Ich bin stolz auf dich.«

Und dann umarmt er erst Fritzi und dann, viel vorsichtiger, Sally.

»Vielleicht haben wir ja eine zweite Chance«, sagt Kalli.

»Vielleicht«, antwortet Sally ausweichend.

Weiß ist nicht gleich Weiß

In den Arbeitsräumen der Kleibichs findet die Polizei am nächsten Tag neben zahlreichen anderen kostbaren Gemälden namhafter Künstler auch das *Bildnis des Doktor Gachet* von van Gogh vor. Sie bestellen Sally, Fritzi, Klara und Bruno in die Kunsthandlung. Als die drei Freunde eintreffen, werden die Kleibichs gerade von den Polizisten befragt. Sally ist noch nicht da, sie hat sich verspätet.

»Ich habe einen Ruf als renommierter Kunsthändler zu verlieren. Ich gebe Ihnen mein Ehrenwort: Das ist die

Arbeit von Sally Rabe«, erklärt Kleibich voller Überzeugung. »Wir wollten ihr helfen, weil sie doch nach dem Kunstskandal völlig am Ende war. Da haben wir ihr unsere Werkstatt zur Verfügung gestellt, als sie uns darum bat, weil sie einen großen Restaurationsauftrag angenommen hatte.«

»Und Sie haben keinen Zweifel, dass der echt ist?«, will der Polizist wissen.

»Sally hatte immer gute Kontakte zu den Museen in Paris. Es ist doch sehr gut möglich, dass das Musée d'Orsay ihr den Auftrag zur Restaurierung erteilt hat.« Kleibich gibt ganz den Ehrenmann. »Und schauen Sie sich doch bitte um, hier hängen lauter große Künstler. Unsere Werkstatt ist bekannt für ihre erstklassige Arbeit.«

Fritzi, Klara und Bruno schauen sich fragend an. Hatte Ricardo nicht gesagt, das Bild sei verschollen und der leere Rahmen hänge im Städel? Was hat jetzt dieses Musée d'Orsay damit zu tun?

»Ich kann nicht beurteilen, ob das Bild echt ist oder nicht. Wir werden unseren Kunstexperten hinzuziehen müssen«, erklärt der Polizist.

Wenig später trifft dieser ein, ausgerüstet mit modernster Technik. Der Kunstexperte erklärt vor allem Bruno, Fritzi und Klara seine Vorgehensweise Schritt für Schritt. Zunächst werde er das Bild mit dem bloßen Auge untersuchen. »So kann ich am besten Auffälligkeiten an der Oberfläche erkennen«, erläutert er, während er das Bild von oben bis unten in Augenschein nimmt.

»Jetzt suche ich das Werk mit einem Streiflicht ab. Und durchleuchte die Leinwand von hinten. Schaut mal, jetzt kann man sehen, wie dick die Farbpartien sind. Und man sieht auch, wie die Farbe aufgetragen wurde. Seht mal her. Was erkennt ihr?«

»Das sind kräftige, aber eher kurze Pinselstriche, stimmt's?«, stellt Fritzi fest.

»Absolut richtig. Das ist typisch für den Malstil van Goghs. Und er hat die Farbe immer sehr dick aufgetragen,« erläutert der Kunstexperte. »Also, das ist wirklich gut gemacht. Eigentlich weist ein altes Gemälde Altersrisse in der Farbe auf, die sogenannte Craquelure. Wenn es aber restauriert wurde, kann das schon mal fehlen. Auch wenn man heute versucht, die weitgehend zu erhalten.«

Fritzi beobachtet, wie die Kleibichs sich zuzwinkern.

»Um ganz sicherzugehen, nehme ich also eine klitzekleine Probe von der Farbe Weiß. Und das mache ich an verschiedenen Stellen, nicht überall wurde ja restauriert.« Ganz behutsam kratzt der Kunstexperte ein paar Farbstaubkörnchen ab. »Die untersuche ich dann in meinem Spezial-Labor. Könnt ihr euch denken, warum?«

»Wir hatten das gerade in Chemie, Farbenlehre«, sagt Klara. »Manche Farben gibt es noch gar nicht so lange. Der Lehrer hat uns als Beispiel Titanweiß gesagt.«

»Volltreffer, junges Fräulein«. Der Kunstkenner staunt nicht schlecht über Klaras Kenntnisse. »Selbst wenn zu Restaurationszwecken Titanweiß benutzt wurde, dürften wir es auf keinen Fall überall im Bild finden. Wenn wir bei unseren Proben ausschließlich auf Titanweiß stoßen sollten, ist das sehr aussagekräftig. Denn Titanweiß gibt es als Bestandteil von Malfarben erst seit etwa 1920. Und was würde uns das sagen?«

»Das könnte dann kein Bild sein, das van Gogh gemalt hat, da lebte er nicht mehr«, sagt Klara.

»Richtig«, stimmt der Kunstexperte zu. »Die Kunst des Fälschens besteht darin, genau die Materialien zu verwenden, die für eine bestimmte Zeit typisch waren. Aber: Das geht nicht immer, manche Farbpigmente gibt es nicht mehr. Oder man benutzt sie nicht mehr, weil sie so giftig sind – wie Grünspan oder Bleiweiß.«

»Das Bild ist also nicht echt«, vergewissert sich der Polizist.

»Das kann ich mit letzter Gewissheit erst morgen sagen, wenn ich das Ergebnis der Titanweiß-Probe habe«, antwortet der Kunstexperte. »Feststellen kann ich schon jetzt, dass es eine exzellente Fälschung wäre, wenn es eine sein sollte.«

»Wir brauchen die Titanweiß-Probe nicht abzuwarten«, erklärt Sally, die in diesem Moment die Räume der Kunsthandlung betritt. »Sie werden in dem Bild nur Titanweiß finden und nicht einen Krümel Bleiweiß, mit dem van Gogh ja bevorzugt gemalt hat. Denn dieses Bild ist eine Kopie!«

»Du hast schon wieder ein Bild gefälscht?« Kleibich gibt den Entrüsteten. »Das darf doch nicht wahr sein. Da geben wir dir eine zweite Chance, und du nutzt unsere Gutmütigkeit so schändlich aus. Pfui, Sally Rabe.«

»Sie geben also zu, dass Sie eine Fälschung angefertigt haben, Frau Rabe?«, mischt sich der Polizist ein.

»Ja, dieses Bild habe ich im Auftrag der Kleibichs gemalt«, erwidert Sally. Und dann berichtet sie, dass sie es mühelos habe anfertigen können. »In Paris habe ich oft im Musée d'Orsay vor dem *Bildnis des Doktor Gachet* gesessen. Und zahlreiche Skizzenblöcke gefüllt. Das Bild ist faszinierend. Das Museum hätte das Bild übrigens nie rausgegeben, ich hätte es in der Museumswerkstatt restaurieren müssen.«

Klara tritt erstaunt auf Sally zu: »Wie ist das möglich, dass der Gachet in Paris hängt? Ich denke, das Bild ist verschwunden???«

»Ja, auch das stimmt. Van Gogh hat nämlich 1890 in Wahrheit zwei Porträts von seinem Arzt Gachet angefertigt. Das eine ist also noch in Paris zu sehen. Das andere, die erste Version, die van Gogh gemalt hat und die ursprünglich im Städel Museum hing, gilt – wie du richtig gesagt hast, Klara – als verschollen.«

Sally wusste natürlich auch, dass auf dem verschwundenen Bild die Gesichtsfarbe des Doktors mehr Gelb enthielt und dass zwei Bücher vor ihm lagen. Neben ihrem Lieblingsmaler Auguste Chabaud sei der Gachet ein Grund gewesen, warum sie so häufig nach Paris reiste. »Die Kleibichs wussten, dass ich mich so gut auskenne, und haben mich gezwungen, diese Kopie anzufertigen.«

»Konntest du das Bild wirklich aus dem Kopf malen? Wahnsinn!« Fritzi ist ganz verblüfft, als sie sich das Resultat genauer ansieht. Ihre Mutter ist tatsächlich eine echte Künstlerin.

»Neben meinen Skizzen habe ich auch einige Fotos. Das ging schon. Aber diese Arbeit war ein Albtraum.« Sally blickt die Kleibichs jetzt direkt an. »Denn damit ich sie überhaupt mache, haben die Kleibichs zu dem schrecklichsten Druckmittel gegriffen, das Erpresser haben: Sie haben meine Tochter bedroht. Mir blieb keine andere Wahl, ich musste mitmachen. Ich wollte auf keinen Fall Fritzi irgendeinem Risiko aussetzen.«

»Solch einen Unsinn habe ich ja noch nie gehört«, wehrt sich Kleibich lautstark. »Wir sollen dich gezwungen haben? Ha, dass ich nicht lache!«

»Und deine Tochter bedrohen? Welches kranke Hirn denkt sich denn so was aus?«, ergänzt seine Frau höhnisch.

»Ihr lügt wie gedruckt. Das habt ihr schon immer gemacht.« Sally ist außer sich.

»Wenn hier eine lügt, dann doch wohl du, Sally Rabe.« Der Kunsthändler regt sich immer mehr auf und geht drohend auf Sally zu. Ein Polizist tritt schließlich zwischen die beiden.

»Nun beruhigen Sie sich mal wieder, sofort! Sie behaupten also, Sie hätten das Bild im Auftrag der Kleibichs gemacht, Frau Rabe?«

Sally nickt.

»Können Sie das beweisen?«, fragte der Polizist.

»Nein, leider kann ich das nicht beweisen«, erklärt Sally und tritt zu dem Gachet-Bild. Sie hatte natürlich überlegt, wie immer ihr Zeichen, den kleinen, schwarzen Raben in die Bildecke zu malen. Aber ganz sicher hätten die Kleibichs danach gesucht, so wie sie immer danach gesucht haben. Und damit hätte sie doch Fritzi nur noch mehr in Gefahr gebracht. Denn die Kleibichs sind unberechenbar, das wusste Sally nur zu gut. Nein, dieses Risiko wollte sie auf keinen Fall eingehen. Dann steht sie lieber wieder als Betrügerin da. Wie damals. Hauptsache, Fritzi ist außer Gefahr.

»Sehen Sie, sehen Sie!«, frohlockt Kleibich. »Nichts

kann sie beweisen. Gar nichts. Weil es nichts zu beweisen gibt. Weil sie lügt. So wie sie immer gelogen hat. Sally Rabe – die begnadete Kunstfälscherin.«

»Aber wir können beweisen, dass sie die Wahrheit sagt«, meldet sich nun Bruno zu Wort. Prompt richten sich alle Augen auf ihn. Er zieht einige Mails, die er kopiert hat, aus seiner Hosentasche und reicht sie dem Polizisten.

»Das genügt«, entscheidet der Polizist, nachdem er die Mails überflogen hat. »Herr und Frau Kleibich, Sie sind verhaftet. Sie haben nicht nur das Bild *Hotelflur* von Auguste Chabaud gefälscht, wie diese drei Jugendlichen herausgefunden haben. Das konnten wir nämlich schon nachprüfen, nachdem Herr Krüger uns die Fotos aushändigte. Die hast du doch wohl gemacht, Klara?« Dabei blickt er Klara freundlich lächelnd an. »Das hast du gut gemacht.« Klara freut sich riesig über das Lob.

Mit ernstem Blick wendet sich der Polizist dann wieder den Kleibichs zu. »Sie haben auch den Auftrag angenommen, den Gachet zu beschaffen. Das zeigen die Mails. Ihr Computer ist übrigens beschlagnahmt. Es würde mich nicht wundern, wenn ich darin einen Restaurierungsauftrag vom Musée d'Orsay entdecken würde.«

»Genau«, stimmt Fritzi zu. »Das ist exakt ihre Arbeitsweise. Sie übernehmen die Restaurierung eines wertvollen Bildes und fertigen davon heimlich eine Kopie an. Diese Fälschung wandert dann ins Museum, und das Original, tja, das verticken sie für viel Geld.« Klara und Bruno nicken bekräftigend.

»Eine Frage habe ich allerdings noch«, fällt dem Polizisten da ein. »Wer ist eigentlich Smoky?«

»Ja, Wahnsinn, Smoky«, ruft Fritzi da. »Den haben wir ganz vergessen. Das ist der große Unbekannte im Hintergrund. Der sitzt bestimmt längst auf gepackten Koffern.«

»Das ist der Drahtzieher, jede Wette«, pflichtet ihr Bruno bei. Dieser Verdacht ist den drei Freunden gekommen, als sie feststellen mussten, dass es Smoky war, der mit Abstand die meisten Bilder gekauft hat.

»Drahtzieher? Was meinst du damit?« Der Polizist schaut verblüfft in die Runde. »Ich denke, die Kleibichs haben das alles hier zu verantworten?!«

»Nee, die führen die Aufträge aus, aber der unbekannte Auftraggeber ist Smoky. Der hat wahrscheinlich die ganzen Originalbilder bei sich zu Hause hängen«, erklärt Bruno.

»Und wer soll das sein? Dieser mysteriöse Unbekannte?« Der Polizist scheint Bruno nicht ganz ernst zu nehmen.

Bis dieser ihm die Adresse von Smoky überreicht.

Der Vogel ist ausgeflogen

Fritzi hat recht, Smoky hat nicht gewartet, bis die Polizei bei ihm klingelt. Er ist längst über alle Berge. Die Bilder allerdings konnte er nicht alle mitnehmen. Die Freude des Städel-Direktors ist unbeschreiblich, als er seinen echten *Hotelflur* wieder in den Händen hält. Und nicht nur den.

»Wahnsinn. Jetzt waren wir so nah dran, und er ist doch entwischt«, staunt Klara, als sie sich mit Fritzi auf dem Weg zur Schule über die turbulenten letzten Tage unterhält.

»Ja, wir haben einfach zu lange geglaubt, nur die Kleibichs sind die Bösen im Spiel«, sagt Fritzi.
»Stimmt, dabei hätten wir fast den Oberbösen vergessen«, ergänzt Klara. »Oh, guck mal, wer da kommt, dein Schwarm.«
»Wen meinst du denn?« Fritzi dreht sich um und sieht Leo direkt auf sie zukommen.
»Hi, Fritzi. Ich habe gehört, ihr habt einen Kunstfälscherring ausgehoben. Alle Achtung.«
»Nicht der Rede wert«, weicht Fritzi aus. Sie weiß gar nicht, warum es ihr plötzlich peinlich ist, dass Leo sie nun anspricht. Noch vor ein paar Wochen hat sie davon geträumt, dass er sie mehr beachtet.
»Wenn du willst, können wir ja mal einen Milchkaffee zusammen trinken gehen«, schlägt Leo vor.
»Nee, lieber nicht. Ich mag keinen Milchkaffee.«
»Na, dann eben nicht. Wer nicht will, der hat schon.« Leo zuckt mit den Schultern und stapft davon.
»Na, dem hast du aber eine volle Abfuhr erteilt. Donnerwetter.« Klara ist ganz baff, dass ihre beste Freundin so uncharmant sein kann. Aber bei diesem eitlen Hähnchen ist Mitleid fehl am Platz, findet Klara.

~ * ~

In der ersten Stunde erwartet die beiden Freundinnen eine kleine Überraschung. Herr Schygulla, der

Deutschlehrer, verkündet, dass Babs die Schule gewechselt habe.
»Auf welche Schule geht sie denn jetzt?«, möchte Fritzi wissen.
»Äh, das ist nicht ganz klar«, antwortet der Deutschlehrer. »Heute Morgen lag eine Mail von ihrem Vater vor, darin stand, dass Babs mit ihren Eltern ins Ausland gezogen ist.«
»Eine Adresse hat sie nicht hinterlassen?«, wundert sich Klara.
»Nein, das hat sie nicht. Wie heißt es so schön: Sie ist unbekannt verzogen«, erklärt Herr Schygulla.
»Wahnsinn«, flüstert Fritzi Klara zu. »Meinst du, sie ist mit Smoky verwandt?«
»Ohne meinen Anwalt sage ich nichts«, flüstert Klara.
»Das kann nur einer herausfinden: Bruno.«

Urlaubspläne

Was machen wir mit all unserem schönen Geld?«, fragt Bruno, als die drei in Klaras Wohnküche versammelt sitzen.

Der Direktor des Städel Museums hat sich nicht lumpen lassen und den drei Freunden persönlich eine schöne Belohnung überreicht. Außerdem haben sie zeitlebens kostenlosen Eintritt.

»Was haltet ihr davon, wenn wir uns eine Nacht in dem teuren Pariser Künstlerhotel gönnen?«, schlägt Fritzi vor.

»Hm, ich weiß nicht, ich habe nicht die allerbesten Erinnerungen daran.« Klara graust es immer noch, als sie an die Attacke von Kleibich auf Fritzi und Bruno denken muss.

»Aber es hat fünf Sterne«, erinnert sich Bruno. »Und gibt es da nicht sogar einen Pool?«

»Ich bin doch noch mal zurück zur Rezeption, damals, und da hat mir die Dame von der Rezeption erzählt, dass tatsächlich Anfang des letzten Jahrhunderts eine Tote in dem Hotelzimmer gefunden worden sei. Sie sprach von einem ›Unglück‹. Einer Rauchvergiftung oder so ähnlich. Das habe Chabaud inspiriert, den *Hotelflur* zu malen.«

»Wie gruselig. Dann ist das ja kein Künstlerhotel, sondern ein Krimihotel«, findet Klara. »Und Madame Claudette, oder wie sie auch immer geheißen haben mag, gab es wirklich. Komisch, dass ich bei all den Informationen über Chabaud gar nichts in dieser Richtung gefunden habe.«

»Das ist doch bestimmt nur ein cleverer Werbegag, um das Hotel interessanter zu machen«, vermutet Bruno.

»Aber krass wäre es schon – ein Hotel mit einer Krimigeschichte. Und da unsere Arbeit als Kunstdetektive nun abgeschlossen ist, könnten wir uns doch neuen Aufgaben zuwenden!« Fritzi ist schon wieder Feuer und Flamme.

»Hat Sally nicht auch vorgeschlagen, dass wir alle gemeinsam die Sommerferien bei ihr verbringen sollen?«, fragt Klara, für die das eindeutig die bessere Alternative ist.

Sally hat Fritzi und Kalli und alle ihre Freunde in ihr Haus nach Graveson eingeladen. Das ist der Ort, hat sie erklärt, in dem auch der Maler Auguste Chabaud nach seiner Pariser Zeit gelebt hat. Eine wunderschöne Ecke in Südfrankreich, findet Sally. Und zum gegenseitigen Kennenlernen sei solch ein Sommerurlaub ideal, hat sie hinzugefügt.

»Das passt prima, denn Graveson liegt doch ganz in der Nähe von Avignon«, ergänzt Bruno. »Da findet in diesem Jahr ein Wettbewerb für junge Nachwuchsbands statt. Den könnten wir uns doch anschauen. Und vielleicht sind wir dann ja im nächsten Jahr selber mit *4ever* dabei. Auf der Bühne, meine ich.«

»Na ja, zu Sally fahren wir sowieso. Das ist doch längst abgemacht.« Fritzi freut sich schon sehr auf die ersten gemeinsamen Ferien mit Kalli und Sally. Und wenn sie ihre Freunde mitnehmen darf, haben die Erwachsenen mehr Zeit für sich. Das kann nicht schaden, denkt Fritzi.

Sally hat schon versprochen, dass sie danach wieder nach Frankfurt ziehen wird, in welche Wohnung ist aber noch offen. Und ihr Haus in Südfrankreich, das

will sie unbedingt behalten. Das ist sehr praktisch, findet Fritzi, für den Urlaub.
»Dann können wir uns auch das Chabaud-Museum anschauen, das es dort gibt. Und auf dem Rückweg fahren wir dann über Paris. Und übernachten in unserem Künstler-Krimi-Hotel. War es ein Unfall oder doch ein Mord, was damals im Zimmer Nummer Zwölf geschah? Diese Frage darf nicht unbeantwortet bleiben. Was meint ihr?«

Auguste Chabaud

Seine Zeitgenossen kennt man: Pablo Picasso, Henri Matisse oder auch Franz Marc. Aber den französischen Maler Auguste Chabaud kennt in Deutschland kaum jemand. Dabei hat er tolle Bilder gemalt: die Pariser Großstadtbilder zum Beispiel, oder die Landschaftsbilder der Provence.
Auguste Chabaud wurde am 3. Oktober 1882 in der südfranzösischen Stadt Nîmes geboren. Ein guter Schüler soll er nicht gewesen sein, aber dafür wusste er schon früh, was er einmal werden wollte: Maler. Er zeichnete leidenschaftlich gern, zum Beispiel seine Lehrer. Dabei legte er bereits damals mehr Wert auf das »Charakteristische« und nicht so sehr auf die »Details«, seine Porträts sehen oft wie Karikaturen aus.
Gerade mal siebzehn Jahre war Chabaud alt, als er 1899 zum ersten Mal nach Paris kam. Hier wollte er Kunst studieren. Paris faszinierte den jungen Maler: Die Eisenbahn und die künstlichen Lichter, also der technische Fortschritt, fesselten ihn ebenso wie das Nachtleben im Künstlerviertel Montmartre. Und wie seine Künstlerkollegen liebte auch Chabaud die Welt des Zirkus.
Nach seinem Militärdienst kehrte Chabaud 1907 in die französische Hauptstadt zurück und bezog ein Atelier in der Rue Muller. Die moderne Stadt voller Tempo und Hektik lieferte ihm zahlreiche Motive für seine Malerei. Er entwarf seine Hotelbilder, oft in Rot- und Schwarztönen wie auf dem Bild *Hotelflur*. In düsteren Farben zeigte er den Bahnhof Gare du Nord, und er malte Menschen in Restaurants, Bars und Cabarets. Ihre Ängste und ihre Einsamkeit blieben Chabaud nicht verborgen.
Er lernte den Maler Henri Matisse kennen und viele andere Künst-

ler. Doch Chabaud gehörte nie wirklich zu einem Künstlerkreis. Dazu sei er zu schüchtern gewesen, bekannte er später. Chabaud war ein Einzelgänger und Außenseiter.
Und er war wohl mehr Landmensch als Stadtmensch. Schon während seiner Jahre in Paris zog es Chabaud immer wieder nach Graveson in Südfrankreich auf den Gutshof seiner Familie, den sie durch Weinanbau bewirtschaftete. Ab 1919, nachdem er als Soldat im Kieg gekämpft hatte, ließ sich Chabaud dauerhaft dort nieder. Er porträtierte die Bauern beim Pflügen ihrer Äcker, er zeigte die Märkte in der Provence und unzählige Landschaften. 1921 heiratete er die Bauerstochter Valentine Sussini und bekam mit ihr acht Kinder.
Chabaud malte übrigens nicht nur, er schrieb auch. So verfasste er beispielsweise einen humorvollen Kriminalroman, der bisher leider nicht veröffentlicht wurde.

Am 23. Mai 1955 starb Chabaud.
Zu seinem Andenken hat die Stadt Graveson den Maler mit einem Museum geehrt.

Wer nicht so weit fahren möchte, kann sein Bild *Hotelflur* im Frankfurter Städel Museum anschauen, wo es als Dauerleihgabe ausgestellt ist. Im Städel Museum gibt es übrigens nicht nur jede Menge spannender Bilder zu entdecken, sondern auch ein interessantes Programm für Kinder und Jugendliche. Schaut doch mal unter *www.staedelmuseum.de*

Dank

Beim Schreiben von ›Das Geheimnis des Raben‹ musste ich mir einigen fachlichen Rat holen.

So haben Lara Gorke (12) und Antonia Gatz (12) sich besonders die SMS- und Chat-Abkürzungen angeschaut, Clara Charlotte Heinze (13) hat zudem die Liedtexte kritisch geprüft.

Laura Schaible ist mit mir durch zahlreiche Kunstausstellungen Berlins gewandert, immer auf der Suche nach guten Geschichten hinter den Bildern.

Simone Gatz habe ich wichtige Anregungen zu den jugendlichen Hauptpersonen zu verdanken. Sie hat vor allem dafür gesorgt, dass der Humor nicht zu kurz kommt.

Sebastian Oltmanns (16) und Paul Hagemann (14) waren die Ideengeber zum Computerfreak Bruno. Paul greift auch schon mal zur Gitarre, um mir die verschiedenen Musikstile zu erläutern.

Dr. Chantal Eschenfelder und Herrn Stephan Knobloch danke ich für ihren kunsthistorischen Rat, vor allem auch, was die Echtheitsprüfung von Kunstwerken anbelangt.

Und meiner Lektorin Katja Massury danke ich nicht nur für ihre Geduld, sondern auch für ihre vielen wertvollen Hinweise bei der Entwicklung dieses Krimis.

Kann Kunst lebendig werden?

In einer hellen Mondnacht steht plötzlich die »Schöne Gärtnerin« vor Lucinda und erzählt ihr, dass sie aus ihrem Bild gestiegen sei, um ihre verschollene Schwester zu suchen. Lucinda glaubt zu träumen. Doch sie lässt sich überzeugen – und so machen sich die beiden auf eine abenteuerliche Suche quer durch Europa. Schon bald gesellt sich der Junge Mike zu ihnen. Und noch jemand hat sich an ihre Fersen geheftet: eine seltsame Frau, die vor nichts zurückzuschrecken scheint, um vor ihnen ans Ziel zu kommen ...

Antonia Michaelis
Mike und ich und Max Ernst
Eine ungewöhnliche Liebesgeschichte
Band 80608

fi 80608 / 1